CW00972340

Albert Camus

L'envers et l'endroit

Gallimard

« Je fus placé à mi distance de la misère et du soleil », écrit Albert Camus dans *L'envers et l'endroit.* Il est né dans un domaine viticole près de Mondovi, dans le département de Constantine, en Algérie. Son père a été blessé mortellement à la bataille de la Marne, en 1914. Une enfance misérable à Alger, un instituteur, M. Germain, puis un professeur, Jean Grenier, qui savent reconnaître ses dons, la tuberculose, qui se déclare précocement et qui, avec le sentiment tragique qu'il appelle l'absurde, lui donne un désir désespéré de vivre, telles sont les données qui vont forger sa personnalité. Il écrit, devient journaliste, anime des troupes théâtrales et une maison de la culture, fait de la politique. Ses campagnes à *Alger Républicain* pour dénoncer la misère des musulmans lui valent d'être obligé de quitter l'Algérie, où l'on ne veut plus lui donner de travail. Pendant la guerre en France, il devient un des animateurs du journal clandestin *Combat.* A la Libération, *Combat,* dont il est le rédacteur en chef, est un quotidien qui, par son ton et son exigence, fait date dans l'histoire de la presse.

Mais c'est l'écrivain qui, déjà, s'impose comme un des chefs de file de sa génération. A Alger, il avait publié *Noces* et *L'envers et l'endroit.* Rattaché à tort au mouvement existentialiste qui atteint son apogée au lendemain de la guerre, Albert Camus écrit en fait une œuvre articulée autour de l'absurde et de la révolte. C'est peut-être Faulkner qui en a le mieux résumé le sens général : « Camus disait que le seul rôle véritable de l'homme, né dans un monde absurde, était de vivre, d'avoir conscience de sa vie, de sa révolte, de sa liberté. » Et Camus lui même a expliqué comment il avait conçu l'ensemble de son œuvre : « Je voulais d'abord exprimer la négation. Sous trois formes. Romanesque : ce fut *L'étranger*. Dramatique : *Caligula*, *Le malentendu*. Idéologique : *Le mythe de Sisyphe*. Je prévoyais le positif sous trois formes encore. Romanesque : *La peste*. Dramatique : *L'état de siège* et *Les justes*. Idéologique : *L'homme révolté*. J'entrevoyais déjà une troisième couche autour du thème de l'amour. »

La peste, ainsi, commencée en 1941, à Oran, ville qui servira de décor au roman, symbolise le Mal, un peu comme *Moby Dick* dont le mythe bouleverse Camus. Contre la peste, des hommes vont adopter diverses attitudes et montrer que l'homme n'est pas entièrement impuissant en face du sort qui lui est fait. Ce roman de la séparation, du malheur et de l'espérance, rappelant de façon symbolique aux hommes de ce temps ce qu'ils venaient de vivre, connut un immense succès.

L'homme révolté, en 1951, ne dit pas autre chose. « J'ai voulu dire la vérité sans cesser d'être généreux », écrit Camus qui dit aussi de cet essai, qui lui valut beaucoup d'inimitiés et le brouilla notamment avec les surréalistes et avec Sartre : « Le jour où le crime se pare des dépouilles de l'innocence, par un curieux renversement qui est propre à notre temps, c'est l'innocence qui est sommée de fournir ses justifications. L'ambition de cet essai serait d'accepter et d'examiner cet étrange défi. »

Cinq ans plus tard, *La chute* semble le fruit amer du temps des désillusions, de la retraite, de la solitude. *La chute* ne fait plus le procès du monde absurde où les hommes meurent et ne sont pas heureux. Cette fois, c'est la nature humaine qui est coupable. « Où commence la confession, ou l'accusation ? » écrit Camus lui-même de ce récit unique dans son œuvre. « Une seule vérité en tout cas, cdàns ce jeu de glaces étudié : la douleur et ce quelle promet. »

Un an plus tard, en 1957, le Prix Nobel est décerné à Camus, pour ses livres et aussi, sans doute, pour ce combat qu'il n'a jamais cessé de mener contre tout ce qui veut écraser l'homme. On attendait un nouveau développement de son œuvre quand, le 4 janvier 1960, il trouve la mort dans un accident de voiture

A Jean Grenier

PRÉFACE

Les essais qui sont réunis dans ce volume ont été écrits en 1935 et 1936 (j'avais alors vingt-deux ans) et publiés un an après, en Algérie, à un très petit nombre d'exemplaires. Cette édition est depuis longtemps introuvable et j'ai toujours refusé la réimpression de L'Envers et l'Endroit.

Mon obstination n'a pas de raisons mystérieuses. Je ne renie rien de ce qui est exprimé dans ces écrits, mais leur forme m'a toujours paru maladroite. Les préjugés que je nourris malgré moi sur l'art (je m'en expliquerai plus loin) m'ont empêché longtemps d'envisager leur réédition. Grande vanité, apparemment, et qui laisserait supposer que mes autres écrits satisfont à toutes les exigences. Ai-je besoin de préciser qu'il n'en est rien ? Je suis seulement plus sensible aux maladresses de L'Envers et L'Endroit qu'à d'autres, que je n'ignore pas. Comment l'expliquer sinon en reconnaissant que les premières intéressent, et trahissent un peu, le sujet qui me tient le plus à cœur ? La question de sa valeur littéraire étant réglée, je puis avouer, en effet, que la valeur de témoignage de ce petit livre est, pour moi, considérable. Je dis bien pour moi, car c'est devant moi qu'il témoigne, c'est de moi qu'il exige une fidélité dont je suis seul à connaître la profondeur et les difficultés. Je voudrais essayer de dire pourquoi.

Brice Parain prétend souvent que ce petit livre contient ce que j'ai écrit de meilleur. Parain se trompe. Je ne le dis pas, connaissant sa loyauté, à cause de cette impatience qui vient à tout artiste devant ceux qui ont l'impertinence de préférer ce qu'il a été à ce qu'il est. Non, il se trompe parce qu'à vingt-deux ans, sauf génie, on sait à peine écrire. Mais je comprends ce que Parain, savant ennemi de l'art et philosophe de la compassion, veut dire. Il veut dire, et il a *raison, qu'il y a plus de véritable amour dans ces pages maladroites que dans toutes celles qui ont suivi.*

Chaque artiste garde ainsi, au fond de lui, une source unique qui alimente pendant sa vie ce qu'il est et ce qu'il dit. Quand la source est tarie, on voit peu à peu l'œuvre se racornir, se fendiller. Ce sont les terres ingrates de l'art que le courant invisible n'irrigue plus. Le cheveu devenu rare et sec, l'artiste, couvert de chaumes, est mûr pour le silence, ou les salons, qui reviennent au même. Pour moi, je sais que ma source est dans L'Envers et l'Endroit, *dans ce monde de pauvreté et de lumière où j'ai longtemps vécu et dont le souvenir me préserve encore des deux dangers contraires qui menacent tout artiste, le ressentiment et la satisfaction.*

La pauvreté, d'abord, n'a jamais été un malheur pour moi : la lumière y répandait ses richesses. Même mes révoltes en ont été éclairées. Elles furent presque toujours, je crois pouvoir le dire sans tricher, des révoltes pour tous, et pour que la vie de tous soit élevée dans la lumière. Il n'est pas sûr que mon cœur fût naturellement disposé à cette sorte d'amour. Mais les circonstances m'ont aidé. Pour corriger une indifférence naturelle, je fus placé à mi-distance de la misère et du soleil. La misère m'empêcha de croire que tout est bien sous le soleil et dans l'histoire ; le soleil m'apprit que l'histoire n'est pas tout. Changer la vie, oui, mais non le monde dont je faisais ma divinité. C'est ainsi, sans doute, que j'abordai cette carrière inconfortable où je suis, m'engageant avec innocence sur un fil d'équilibre où j'avance péniblement, sans être sûr d'atteindre le but. Autrement dit, je devins un artiste, s'il est vrai qu'il n'est pas d'art sans refus ni sans consentement.

Dans tous les cas, la belle chaleur qui régnait sur mon enfance m'a privé de tout ressentiment. Je vivais dans la gêne, mais aussi dans une sorte de jouissance. Je me sentais des forces infinies : il fallait seulement leur trouver un point d'application. Ce n'était pas la pauvreté qui faisait obstacle à ces forces : en Afrique, la mer et le soleil ne coûtent rien. L'obstacle était plutôt dans les préjugés ou la bêtise. J'avais là toutes les occasions de développer une « castillanerie » qui m'a fait bien du tort, que raille avec raison mon ami et mon maître Jean Grenier, et que j'ai essayé en vain de corriger, jusqu'au moment où j'ai compris qu'il y avait aussi une fatalité des natures. Il valait mieux alors accepter son propre orgueil et tâcher de le faire servir plutôt que de se donner, comme dit Chamfort, des principes plus forts que son caractère. Mais, après m'être interrogé, je puis témoigner que, parmi mes nombreuses faiblesses, n'a jamais figuré le défaut le plus répandu parmi nous, je veux dire l'envie, véritable cancer des sociétés et des doctrines.

Le mérite de cette heureuse immunité ne me revient pas. Je la dois aux miens, d'abord, qui manquaient de presque tout et n'enviaient à peu près rien. Par son seul silence, sa réserve, sa fierté naturelle et sobre, cette famille, qui ne savait même pas lire, m'a donné alors mes plus hautes leçons, qui durent toujours. Et puis, j'étais moi-même trop occupé à sentir pour rêver d'autre chose.

Encore maintenant, quand je vois la vie d'une grande fortune à Paris, il y a de la compassion dans l'éloignement qu'elle m'inspire souvent. On trouve dans le monde beaucoup d'injustices, mais il en est une dont on ne parle jamais, qui est celle du climat. De cette injustice-là, j'ai été longtemps, sans le savoir, un des profiteurs. J'entends d'ici les accusations de nos féroces philanthropes, s'ils me lisaient. Je veux faire passer les ouvriers pour riches et les bourgeois pour pauvres, afin de conserver plus longtemps l'heureuse servitude des uns et la puissance des autres. Non, ce n'est pas cela. Au contraire, lorsque la pauvreté se conjugue avec cette vie sans ciel ni espoir qu'en arrivant à l'âge d'homme j'ai découverte dans les horribles faubourgs de nos villes, alors l'injustice dernière, et la plus révoltante, est consommée : il faut tout faire, en effet, pour que ces hommes échappent à la double humiliation de la misère et de la laideur. Né pauvre, dans un quartier ouvrier, je ne savais pourtant pas ce qu'était le vrai malheur avant de connaître nos banlieues froides.

Même l'extrême misère arabe ne peut s'y comparer, sous la différence des ciels. Mais une fois qu'on a connu les faubourgs industriels, on se sent à jamais souillé, je crois, et responsable de leur existence.

Ce que j'ai dit ne reste pas moins vrai. Je rencontre parfois des gens qui vivent au milieu de fortunes que je ne peux même pas imaginer. Il me faut cependant un effort pour comprendre qu'on puisse envier ces fortunes. Pendant huit jours, il y a longtemps, j'ai vécu comblé des biens de ce monde : nous dormions sans toit, sur une plage, je me nourrissais de fruits et je passais la moitié de mes journées dans une eau déserte. J'ai appris à cette époque une vérité qui m'a poussé à recevoir les signes du confort, ou de l'installation, avec ironie, impatience, et quelquefois avec fureur. Bien que je vive maintenant sans le souci du lendemain, donc en privilégié, je ne sais pas posséder. Ce que j'ai, et qui m'est toujours offert sans que je l'aie recherché, je ne puis rien en garder. Moins par prodigalité, il me semble, que par une autre sorte de parcimonie : je suis avare de cette liberté qui disparaît dès que commence l'excès des biens. Le plus grand des luxes n'a jamais cessé de coïncider pour moi avec un certain dénuement. J'aime la maison nue des Arabes ou des Espagnols. Le lieu où je préfère vivre et travailler (et, chose plus rare, où il me serait égal de mourir) est la chambre d'hôtel. Je n'ai jamais pu m'abandonner à ce qu'on appelle la vie d'intérieur (qui est si souvent le contraire de la vie intérieure) ; le bonheur dit bourgeois m'ennuie et m'effraie. Cette inaptitude n'a du reste rien de glorieux ; elle n'a pas peu contribué à alimenter mes mauvais défauts. Je n'envie rien, ce qui est mon droit, mais je ne pense pas toujours aux envies des autres et cela m'ôte de l'imagination, c'est-à-dire de la bonté. Il est vrai que je me suis fait une maxime pour mon usage personnel : « Il faut mettre ses principes dans les grandes choses, aux petites la miséricorde suffit. » Hélas ! on se fait des maximes pour combler les trous de sa propre nature. Chez moi, la miséricorde dont je parle s'appelle plutôt indifférence. Ses

effets, on s'en doute, sont moins miraculeux.
Mais je veux seulement souligner que la pauvreté ne suppose pas forcément l'envie. Même plus tard, quand une grave maladie m'ôta provisoirement la force de vie qui, en moi, transfigurait tout, malgré les infirmités invisibles et les nouvelles faiblesses que j'y trouvais, je pus connaître la peur et le découragement, jamais l'amertume. Cette maladie sans doute ajoutait d'autres entraves, et les plus dures, à celles qui étaient déjà les miennes. Elle favorisait finalement cette liberté du cœur, cette légère distance à l'égard des intérêts humains qui m'a toujours préservé du ressentiment. Ce privilège, depuis que je vis à Paris, je sais qu'il est royal. Mais j'en ai joui sans limites ni remords et, jusqu'à présent du moins, il a éclairé toute ma vie. Artiste, par exemple, j'ai commencé à vivre dans l'admiration, ce qui, dans un sens, est le paradis terrestre. (On sait qu'aujourd'hui l'usage, en France, pour débuter dans les lettres, et même pour y finir, est au contraire de choisir un artiste à railler.) De même, mes passions d'homme n'ont jamais

été « contre ». Les êtres que j'ai aimés ont toujours été meilleurs et plus grands que moi. La pauvreté telle que je l'ai vécue ne m'a donc pas enseigné le ressentiment, mais une certaine fidélité, au contraire, et la ténacité muette. S'il m'est arrivé de l'oublier, moi seul ou mes défauts en sommes responsables et non le monde où je suis né.

C'est aussi le souvenir de ces années qui m'a empêché de me trouver jamais satisfait dans l'exercice de mon métier. Ici, je voudrais parler, avec autant de simplicité que je le puis, de ce que les écrivains taisent généralement. Je n'évoque même pas la satisfaction que l'on trouve, paraît-il, devant le livre ou la page réussis. Je ne sais si beaucoup d'artistes la connaissent. Pour moi, je ne crois pas avoir jamais tiré une joie de la relecture d'une page terminée. J'avouerai même, en acceptant d'être pris au mot, que le succès de quelques-uns de mes livres m'a toujours surpris. Bien entendu, on s'y habitue, et assez vilainement. Aujourd'hui encore, pourtant, je me sens un apprenti auprès d'écrivains vivants à qui je donne la place de leur vrai mérite, et dont l'un des premiers est celui à qui ces essais furent dédiés, il y a déjà vingt ans[1]*. L'écrivain a, naturellement, des joies pour lesquelles il vit et qui suffisent à le combler. Mais, pour moi, je les rencontre au moment de la conception, à la seconde où le sujet se révèle, où l'articulation de l'œuvre se dessine devant la sensibilité soudain clairvoyante, à ces moments délicieux où l'imagination se confond tout à fait avec l'intelligence. Ces instants passent comme ils sont nés. Reste l'exécution, c'est-à-dire une longue peine.*

Sur un autre plan, un artiste a aussi des joies de vanité. Le métier d'écrivain, particulièrement dans la société française, est en grande partie un métier de vanité. Je le dis d'ailleurs sans mépris, à peine avec regret. Je ressemble aux autres sur ce point ; qui peut se dire dénué de cette ridicule infirmité ? Après tout, dans une société vouée à l'envie et à la dérision, un jour vient toujours où, couverts de brocards, nos écrivains payent

1. Jean Grenier.

durement ces pauvres joies. Mais justement, en vingt années de vie littéraire, mon métier m'a apporté bien peu de joies semblables, et de moins en moins à mesure que le temps passait.

N'est-ce pas le souvenir des vérités entrevues dans L'Envers et l'Endroit *qui m'a toujours empêché d'être à l'aise dans l'exercice public de mon métier et qui m'a conduit à tant de refus qui ne m'ont pas toujours fait des amis ? A ignorer le compliment ou l'hommage, en effet, on laisse croire au complimenteur qu'on le dédaigne alors qu'on ne doute que de soi. De même, si j'avais montré ce mélange d'âpreté et de complaisance qui se rencontre dans la carrière littéraire, si même j'avais exagéré ma parade, comme tant d'autres, j'aurais reçu plus de sympathies car, enfin, j'aurais joué le jeu. Mais qu'y faire, ce jeu ne m'amuse pas ! L'ambition de Rubempré ou de Julien Sorel me déconcerte souvent par sa naïveté, et sa modestie. Celle de Nietzsche, de Tolstoï ou de Melville, me bouleverse, et en raison même de leur échec. Dans le secret de mon cœur, je ne me sens d'humilité que devant les vies les plus pauvres ou les grandes aventures de l'esprit. Entre les deux se trouve aujourd'hui une société qui fait rire.*

Parfois, dans ces « premières » de théâtre, qui sont le seul lieu où je rencontre ce qu'on appelle avec insolence le Tout-Paris, j'ai l'impression que la salle va disparaître, que ce monde, tel qu'il semble, n'existe pas. Ce sont les autres qui me paraissent réels, les grandes figures qui crient sur la scène. Pour ne pas fuir alors, il faut se souvenir que chacun de ces spectateurs a aussi un rendez-vous avec lui-même ; qu'il le sait, et que, sans doute, il s'y rendra tout à l'heure. Aussitôt, le voici de nouveau fraternel : les solitudes réunissent ceux que la société sépare. Sachant cela, comment flatter ce monde, briguer ses privilèges dérisoires, consentir à féliciter tous les auteurs de tous les livres, remercier ostensiblement le critique favorable, pourquoi essayer de séduire l'adversaire, de quelle figure surtout recevoir ces compliments et cette admiration dont la société française (en présence de l'auteur du moins, car, lui parti !...) use autant que du Pernod et de la presse du cœur ? Je n'arrive à rien de tout cela, c'est un fait. Peut-être y a-t-il là beaucoup de ce mauvais orgueil dont je connais en moi l'étendue et les pouvoirs. Mais s'il y avait cela seulement, si ma vanité était seule à jouer, il me semble qu'au contraire je jouirais du compliment, superficiellement, au lieu d'y trouver un malaise répété. Non, la vanité que j'ai en commun avec les gens de mon état, je la sens réagir surtout à certaines critiques qui comportent une grande part de vérité. Devant le compliment, ce n'est pas la fierté qui me donne cet air cancre et ingrat que je connais bien, mais (en même temps que cette profonde indifférence qui est en moi comme une infirmité de nature) un sentiment singulier qui me vient alors : « Ce n'est pas cela... » Non, ce n'est pas cela et c'est pourquoi la réputation, comme on dit, est parfois si difficile à accepter qu'on trouve une sorte de mauvaise joie à faire ce qu'il faut pour la perdre. Au contraire, relisant L'Envers et l'Endroit *après tant d'années,* pour cette édition, je sais instinctivement devant certaines pages, et malgré les maladresses, que c'est cela. Cela, c'est-à-dire cette vieille femme, une mère silencieuse, la pauvreté, la lumière sur les oliviers d'Italie, l'amour solitaire et peuplé, tout ce qui témoigne, à mes propres yeux, de la vérité.

Depuis le temps où ces pages ont été écrites, j'ai vieilli et traversé beaucoup de choses. J'ai appris sur moi-même, connaissant mes limites, et presque toutes mes faiblesses. J'ai moins appris sur les êtres parce que ma curiosité va plus à leur destin qu'à leurs réactions et que les destins se répètent beaucoup. J'ai appris du moins qu'ils existaient et que l'égoïsme, s'il ne peut se renier, doit essayer d'être clairvoyant. Jouir de soi est impossible; je le sais, malgré les grands dons qui sont les miens pour cet exercice. Si la solitude existe, ce que j'ignore, on aurait bien le droit, à l'occasion, d'en rêver comme d'un paradis. J'en rêve parfois, comme tout le monde. Mais deux anges tranquilles m'en ont toujours interdit l'entrée; l'un montre le visage de l'ami, l'autre la face de l'ennemi.

Oui, je sais tout cela et j'ai appris encore ou à peu près, ce que coûtait l'amour. Mais sur la vie elle-même, je n'en sais pas plus que ce qui est dit, avec gaucherie, dans L'Envers et L'Endroit.

« Il n'y a pas d'amour de vivre sans désespoir de vivre », ai-je écrit, non sans emphase, dans ces pages. Je ne savais pas à l'époque à quel point je disais vrai ; je n'avais pas encore traversé les temps du vrai désespoir. Ces temps sont venus et ils ont pu tout détruire en moi, sauf justement l'appétit désordonné de vivre. Je souffre encore de cette passion à la fois féconde et destructrice qui éclate jusque dans les pages les plus sombres de L'Envers et L'Endroit. *Nous ne vivons vraiment que quelques heures de notre vie, a-t-on dit. Cela est vrai dans un sens, faux dans un autre. Car l'ardeur affamée qu'on sentira dans les essais qui suivent ne m'a jamais quitté et, pour finir, elle est la vie dans ce qu'elle a de pire et de meilleur. J'ai voulu sans doute rectifier ce qu'elle produisait de pire en moi. Comme tout le monde, j'ai essayé, tant bien que mal, de corriger*

ma nature par la morale. C'est, hélas ! ce qui m'a coûté le plus cher. Avec de l'énergie, et j'en ai, on arrive parfois à se conduire selon la morale, non à être. Et rêver de morale quand on est un homme de passion, c'est se vouer à l'injustice, dans le temps même où l'on parle de justice. L'homme m'apparaît parfois comme une injustice en marche : je pense à moi. Si j'ai, à ce moment, l'impression de m'être trompé ou d'avoir menti dans ce que parfois j'écrivais, c'est que je ne sais comment faire connaître honnêtement mon injustice. Sans doute, je n'ai jamais dit que j'étais juste. Il m'est seulement arrivé de dire qu'il fallait essayer de l'être, et aussi que c'était une peine et un malheur. Mais la différence est-elle si grande ? Et peut-il vraiment prêcher la justice celui qui n'arrive même pas à la faire régner dans sa vie ? Si, du moins, on pouvait vivre selon l'honneur, cette vertu des injustes ! Mais notre monde tient ce mot pour obscène; aristocrate fait partie des injures littéraires et philosophiques. Je ne suis pas aristocrate, ma réponse tient dans ce livre : voici les miens, mes maîtres, ma lignée : voici, par eux, ce qui me réunit à tous. Et cependant, oui, j'ai besoin d'honneur, parce que je ne suis pas assez grand pour m'en passer !

Qu'importe ! Je voulais seulement marquer que, si j'ai beaucoup marché depuis ce livre, je n'ai pas tellement progressé. Souvent, croyant avancer, je reculais. Mais, à la fin, mes fautes, mes ignorances et mes fidélités m'ont toujours ramené sur cet ancien chemin que j'ai commencé d'ouvrir avec L'Envers et L'Endroit, *dont on voit les traces dans tout ce que j'ai fait ensuite et sur lequel, certains matins d'Alger, par exemple, je marche toujours avec la même légère ivresse.*

Pourquoi donc, s'il en est ainsi, avoir longtemps refusé de produire ce faible témoignage ? D'abord parce qu'il y a en moi, il faut le répéter, des résistances artistiques, comme il y a, chez d'autres, des résistances morales ou religieuses. L'interdiction, l'idée que « cela ne se fait pas », qui m'est assez étrangère en tant que fils d'une libre nature, m'est présente en tant qu'esclave, et esclave admiratif, d'une tradition artistique sévère.

Peut-être aussi cette méfiance vise-t-elle mon anarchie profonde, et par là, reste utile. Je connais mon désordre, la violence de certains instincts, l'abandon sans grâce où je peux me jeter. Pour être édifiée, l'œuvre d'art doit se servir d'abord de ces forces obscures de l'âme. Mais non sans les canaliser, les entourer de digues, pour que leur flot monte, aussi bien. Mes digues, aujourd'hui encore, sont peut-être trop hautes. De là, cette raideur, parfois... Simplement, le jour où l'équilibre s'établira entre ce que je suis et ce que je dis, ce jour-là peut-être, et j'ose à peine l'écrire, je pourrai bâtir l'œuvre dont je rêve. Ce que j'ai voulu dire ici, c'est qu'elle ressemblera à L'Envers et L'Endroit, *d'une façon ou de l'autre, et qu'elle parlera d'une certaine forme d'amour. On comprend alors la deuxième raion que j'ai eue de garder pour moi ces essais de jeunesse. Les secrets qui nous sont les plus chers, nous les livrons trop dans la maladresse et le désordre ; nous les trahissons, aussi bien, sous un déguisement trop apprêté. Mieux vaut attendre d'être expert à leur donner une forme, sans cesser de faire entendre leur voix, de savoir unir à doses à peu près égales le naturel et l'art ; d'être enfin. Car c'est être que de tout pouvoir en même temps. En art, tout vient simultanément ou rien ne vient ; pas de lumières sans flammes. Stendhal s'écriait un jour : « Mais mon âme à moi est un feu qui souffre, s'il ne flambe pas. » Ceux qui lui ressemblent sur ce point ne devraient créer que dans cette flambée. Au sommet de la flamme, le cri sort tout droit et crée ses mots qui le répercutent à leur tour. Je parle ici de ce que nous tous, artistes incertains de l'être, mais sûrs de ne pas être autre chose, attendons, jour après jour, pour consentir enfin à vivre.*

Pourquoi donc, puisqu'il s'agit de cette attente, et probablement vaine, accepter aujourd'hui cette publication ? D'abord parce que des lecteurs ont su trouver l'argument qui m'a convaincu [1]. Et puis un temps vient

1. Il est simple. « Ce livre existe déjà, mais à un petit nombre d'exemplaires, vendus chèrement par des libraires. Pourquoi seuls les lecteurs riches auraient-ils le droit de le lire ? » En effet, pourquoi ?

toujours dans la vie d'un artiste où il doit faire le point, se rapprocher de son propre centre, pour tâcher ensuite de s'y maintenir. C'est ainsi aujourd'hui et je n'ai pas besoin d'en dire plus. Si, malgré tant d'efforts pour édifier un langage et faire vivre des mythes, je ne parviens pas un jour à récrire L'Envers et L'Endroit, *je ne serai jamais parvenu à rien, voilà ma conviction obscure. Rien ne m'empêche en tout cas de rêver que j'y réussirai, d'imaginer que je mettrai encore au centre de cette œuvre l'admirable silence d'une mère et l'effort d'un homme pour retrouver une justice ou un amour qui équilibre ce silence. Dans le songe de la vie, voici l'homme qui trouve ses vérités et qui les perd, sur la terre de la mort, pour revenir à travers les guerres, les cris, la folie de justice et d'amour, la douleur enfin, vers cette patrie tranquille où la mort même est un silence heureux. Voici encore... Oui, rien n'empêche de rêver, à l'heure même de l'exil, puisque du moins je sais cela, de science certaine, qu'une œuvre d'homme n'est rien d'autre que ce long cheminement pour retrouver par les détours de l'art les deux ou trois images simples et grandes sur lesquelles le cœur, une première fois, s'est ouvert. Voilà pourquoi, peut-être, après vingt années de travail et de production, je continue de vivre avec l'idée que mon œuvre n'est même pas commencée. Dès l'instant où, à l'occasion de cette réédition, je me suis retourné vers les premières pages que j'ai écrites, c'est cela, d'abord, que j'ai eu envie de consigner ici.*

L'IRONIE

Il y a deux ans, j'ai connu une vieille femme. Elle souffrait d'une maladie dont elle avait bien cru mourir. Tout son côté droit avait été paralysé. Elle n'avait qu'une moitié d'elle en ce monde quand l'autre lui était déjà étrangère. Petite vieille remuante et bavarde, on l'avait réduite au silence et à l'immobilité. Seule de longues journées, illettrée, peu sensible, sa vie entière se ramenait à Dieu. Elle croyait en lui. Et la preuve est qu'elle avait un chapelet, un christ de plomb et, en stuc, un saint Joseph portant l'Enfant. Elle doutait que sa maladie fût incurable, mais l'affirmait pour qu'on s'intéressât à elle, s'en remettant du reste au Dieu qu'elle aimait si mal.

Ce jour-là, quelqu'un s'intéressait à elle.

C'était un jeune homme. (Il croyait qu'il y avait une vérité et savait par ailleurs que cette femme allait mourir, sans s'inquiéter de résoudre cette contradiction.) Il avait pris un véritable intérêt à l'ennui de la vieille femme. Cela, elle l'avait bien senti. Et cet intérêt était une aubaine inespérée pour la malade. Elle lui disait ses peines avec animation : elle était au bout de son rouleau, et il faut bien laisser la place aux jeunes. Si elle s'ennuyait ? Cela était sûr. On ne lui parlait pas. Elle était dans son coin, comme un chien. Il valait mieux en finir. Parce qu'elle aimait mieux mourir que d'être à la charge de quelqu'un.

Sa voix était devenue querelleuse. C'était une voix de marché, de marchandage. Pourtant, ce jeune homme comprenait. Il était d'avis cependant qu'il valait mieux être à la charge des autres que mourir. Mais cela ne prouvait qu'une chose : que, sans doute, il n'avait jamais été à la charge de personne. Et précisément il disait à la vieille femme — parce qu'il avait vu le chapelet : « Il vous reste le bon Dieu. »

C'était vrai. Mais même à cet égard, on l'ennuyait encore. S'il lui arrivait de rester un long moment en prière, si son regard se perdait dans quelque motif de la tapisserie, sa fille disait : « La voilà encore qui prie ! — Qu'est-ce que ça peut te faire ? disait la malade. — Ça ne me fait rien, mais ça m'énerve à la fin. » Et la vieille se taisait, en attachant sur sa fille un long regard chargé de reproches.

Le jeune homme écoutait tout cela avec une immense peine inconnue qui le gênait dans la poitrine. Et la vieille disait encore : « Elle verra bien quand elle sera vieille. Elle aussi en aura besoin ! »

On sentait cette vieille femme libérée de tout, sauf de Dieu, livrée tout entière à ce mal dernier, vertueuse par nécessité, persuadée trop aisément que ce qui lui restait était le seul bien digne d'amour, plongée enfin, et sans retour, dans la misère de l'homme en Dieu. Mais que l'espoir de vie renaisse et Dieu n'est pas de force contre les intérêts de l'homme.

On s'était mis à table. Le jeune homme

avait été invité au dîner. La vieille ne mangeait pas, parce que les aliments sont lourds le soir. Elle était restée dans son coin, derrière le dos de celui qui l'avait écoutée. Et de se sentir observé, celui-ci mangeait mal. Cependant, le dîner avançait. Pour prolonger cette réunion, on décida d'aller au cinéma. On passait justement un film gai. Le jeune homme avait étourdiment accepté, sans penser à l'être qui continuait d'exister dans son dos.

Les convives s'étaient levés pour aller se laver les mains, avant de sortir. Il n'était pas question, évidemment, que la vieille femme vînt aussi. Quand elle n'aurait pas été impotente, son ignorance l'aurait empêchée de comprendre le film. Elle disait ne pas aimer le cinéma. Au vrai, elle ne comprenait pas. Elle était dans son coin, d'ailleurs, et prenait un grand intérêt vide aux grains de son chapelet. Elle mettait en lui toute sa confiance. Les trois objets qu'elle conservait marquaient pour elle le point matériel où commençait le divin. A partir du chapelet, du christ ou du saint Joseph, derrière eux, s'ouvrait un grand noir profond où elle plaçait tout son espoir.

Tout le monde était prêt. On s'approchait de la vieille femme pour l'embrasser et lui souhaiter un bon soir. Elle avait déjà compris et serrait avec force son chapelet. Mais il paraissait bien que ce geste pouvait être autant de désespoir que de ferveur. On l'avait embrassée. Il ne restait que le jeune homme. Il avait serré la main de la femme avec affection et se retournait déjà. Mais l'autre voyait partir celui qui s'était intéressé à elle. Elle ne voulait pas être seule. Elle sentait déjà l'horreur de sa solitude, l'insomnie prolongée, le tête-à-tête décevant avec Dieu. Elle avait peur, ne se reposait plus qu'en l'homme, et se rattachant au seul être qui lui eût marqué de l'intérêt, ne lâchait pas sa main, la serrait, le remerciant maladroitement pour justifier cette insistance. Le jeune homme était gêné. Déjà, les autres se retournaient pour l'inviter à plus de hâte. Le spectacle commençait à neuf heures et il valait mieux arriver un peu tôt pour ne pas attendre au guichet.

Lui se sentait placé devant le plus affreux malheur qu'il eût encore connu : celui d'une vieille femme infirme qu'on abandonne pour aller au cinéma. Il voulait partir et se dérober, ne voulait pas savoir, essayait de retirer sa main. Une seconde durant, il eut une haine féroce pour cette vieille femme et pensa la gifler à toute volée.

Il put enfin se retirer et partir pendant que la malade, à demi soulevée dans son fauteuil, voyait avec horreur s'évanouir la seule certitude en laquelle elle eût pu reposer. Rien ne la protégeait maintenant. Et livrée tout entière à la pensée de sa mort, elle ne savait pas exactement ce qui l'effrayait, mais sentait qu'elle ne voulait pas être seule. Dieu ne lui servait de rien, qu'à l'ôter aux hommes et à la rendre seule. Elle ne voulait pas quitter les hommes. C'est pour cela qu'elle se mit à pleurer.

Les autres étaient déjà dans la rue. Un tenace remords travaillait le jeune homme. Il leva les yeux vers la fenêtre éclairée, gros œil mort dans la maison silencieuse. L'œil se ferma. La fille de la vieille femme malade dit au jeune homme : « Elle éteint toujours la lumière quand elle est seule. Elle aime rester dans le noir. »

Ce vieillard triomphait, rapprochait les sourcils, secouait un index sentencieux. Il disait : « Moi, mon père me donnait cinq francs sur ma semaine pour m'amuser jusqu'au samedi d'après. Eh bien, je trouvais encore le moyen de mettre des sous de côté. D'abord, pour aller voir ma fiancée, je faisais en pleine campagne quatre kilomètres pour aller et quatre kilomètres pour revenir. Allez, allez, c'est moi qui vous le dis, la jeunesse d'aujourd'hui ne sait plus s'amuser. » Ils étaient autour d'une table ronde, trois jeunes, lui vieux. Il contait ses pauvres aventures : des niaiseries mises très haut, des lassitudes qu'il célébrait comme des victoires. Il ne ménageait pas de silences dans son récit, et, pressé de tout dire avant d'être quitté, il retenait de son passé ce qu'il pensait propre à toucher ses auditeurs. Se faire écouter était son seul vice : il se refusait à voir l'ironie des regards et la brusquerie moqueuse dont on l'accablait. Il était pour eux le vieillard dont on sait que tout allait bien de son temps, quand il croyait être l'aïeul respecté dont l'expérience fait poids. Les jeunes ne savent pas que l'expérience est une défaite et qu'il faut tout perdre pour savoir un peu. Lui avait souffert. Il n'en disait rien. Ça fait mieux de paraître heureux. Et puis, s'il avait tort en cela, il se serait trompé plus lourdement en voulant au contraire toucher par ses malheurs. Qu'importent les souffrances d'un vieil homme quand la vie vous occupe tout entier ? Il parlait, parlait, s'égarait avec délices dans la grisaille de sa voix assourdie. Mais cela ne pouvait durer. Son plaisir commandait une fin et l'attention de ses auditeurs déclinait. Il n'était même plus amusant ; il était vieux. Et les jeunes aiment le billard et les cartes qui ne ressemblent pas au travail imbécile de chaque jour.

Il fut bientôt seul, malgré ses efforts et ses mensonges pour rendre son récit plus attrayant. Sans égards, les jeunes étaient partis. De nouveau seul. N'être plus écouté : c'est cela qui est terrible lorsqu'on est vieux. On le condamnait au silence et à la solitude. On lui signifiait qu'il allait bientôt mourir. Et un vieil homme qui va mourir est inutile, même gênant et insidieux. Qu'il s'en aille. A défaut, qu'il se taise : c'est le moindre des égards. Et lui souffre parce qu'il ne peut se taire sans penser qu'il est vieux. Il se leva pourtant et partit en souriant à tout le monde autour de lui. Mais il ne rencontra que des visages indifférents ou secoués d'une gaîté à laquelle il n'avait pas le droit de participer. Un homme riait : « Elle est vieille, je dis pas, mais des fois, c'est dans les vieilles mar-

mites qu'on fait les meilleures soupes. »
Un autre déjà plus grave : « Nous autres, on n'est pas riche, mais on mange bien. Tu vois mon petit-fils, plus que son père il mange. Son père, il lui faut une livre de pain, lui un kilo il lui faut! Et vas-y le saucisson, vas-y le camembert. Des fois qu'il a fini, il dit : " Han! Han! " et il mange encore. » Le vieux s'éloigna. Et de son pas lent, un petit pas d'âne au labeur, il parcourut les longs trottoirs chargés d'hommes. Il se sentait mal et ne voulait pas rentrer. D'habitude, il aimait assez retrouver la table et la lampe à pétrole, les assiettes où, machinalement, ses doigts trouvaient leur place. Il aimait encore le souper silencieux, la vieille assise devant lui, les bouchées longuement mâchées, le cerveau vide, les yeux fixes et morts. Ce soir, il rentrerait plus tard. Le souper servi et froid, la vieille serait couchée, sans inquiétude puisqu'elle connaissait ses retards imprévus. Elle disait : « Il a la lune » et tout était dit.

Il allait maintenant, dans le doux entêtement de son pas. Il était seul et vieux. A la fin d'une vie, la vieillesse revient en nausées. Tout aboutit à ne plus être écouté. Il marche, tourne au coin d'une rue, bute et, presque, tombe. Je l'ai vu. C'est ridicule, mais qu'y faire. Malgré tout, il aime mieux la rue, la rue plutôt que ces heures où, chez lui, la fièvre lui masque la vieille et l'isole dans sa chambre. Alors, quelquefois, la porte s'ouvre lentement et reste à demi béante pendant un instant. Un homme entre. Il est habillé de clair. Il s'assied en face du vieillard et se tait pendant de longues minutes. Il est immobile, comme la porte tout à l'heure béante. De temps en temps, il passe une main sur ses cheveux et soupire doucement. Quand il a longtemps regardé le vieil homme du même regard lourd de tristesse, il s'en va, silencieusement. Derrière lui, un bruit sec tombe du loquet et le vieux reste là, horrifié, avec, dans le ventre, sa peur acide et douloureuse. Tandis que dans la rue, il n'est pas seul, si peu de monde qu'on rencontre. Sa fièvre chante. Son petit pas se presse : demain tout changera, demain. Soudain il découvre ceci que demain sera semblable, et après-demain, tous les autres jours. Et cette irrémédiable découverte l'écrase. Ce sont de pareilles idées qui vous font mourir. Pour ne pouvoir les supporter, on se tue — ou si l'on est jeune, on en fait des phrases.

Vieux, fou, ivre, on ne sait. Sa fin sera une digne fin, sanglotante, admirable. Il mourra en beauté, je veux dire en souffrant. Ça lui fera une consolation. Et d'ailleurs où aller : il est vieux pour jamais. Les hommes bâtissent sur la vieillesse à venir. A cette vieillesse assaillie d'irrémédiables, ils veulent donner l'oisiveté qui les laisse sans défense. Ils veulent être contremaître pour se retirer dans une petite villa. Mais une fois enfoncés dans l'âge, ils savent bien que c'est faux. Ils ont besoin des autres hommes pour se protéger. Et pour lui, il fallait qu'on l'écoutât pour qu'il crût à sa vie. Maintenant, les rues étaient plus noires et moins peuplées. Des voix passaient encore. Dans l'étrange apaisement du soir, elles devenaient plus solennelles. Derrière les collines qui encerclaient la ville, il y avait encore des lueurs de jour. Une fumée, imposante, on ne sait d'où venue, apparut derrière les crêtes boisées. Lente, elle s'éleva et s'étagea comme un sapin. Le vieux ferma les yeux. Devant la vie qui emportait les grondements de la ville et le sourire niais indifférent du ciel, il était seul, désemparé, nu, mort déjà.

Est-il nécessaire de décrire le revers de cette belle médaille ? On se doute que dans une pièce sale et obscure la vieille servait la table — que le dîner prêt, elle s'assit, regarda l'heure, attendit encore, et se mit à manger avec appétit. Elle pensait : « Il a la lune. » Tout était dit.

Ils vivaient à cinq : la grand-mère, son fils cadet, sa fille aînée et les deux enfants de cette dernière. Le fils était presque muet ; la fille, infirme, pensait difficilement, et, des deux enfants, l'un travaillait déjà dans une compagnie d'assurances quand le plus jeune poursuivait ses études. A soixante-dix ans, la grand-mère dominait encore tout ce monde. Au-dessus de son lit, on pouvait voir d'elle un portrait où, plus jeune de cinq ans, toute droite dans une robe noire fermée au cou par un médaillon, sans une ride, avec d'immenses yeux clairs et froids, elle avait ce port de reine qu'elle ne résigna qu'avec l'âge et qu'elle tentait parfois de retrouver dans la rue.

C'est à ces yeux clairs que son petit-fils devait un souvenir dont il rougissait encore. La vieille femme attendait qu'il y eût des visites pour lui demander en le fixant sévèrement : « Qui préfères-tu, ta mère ou ta grand-mère ? » Le jeu se corsait quand la fille elle-même était présente. Car, dans tous les cas, l'enfant répondait : « Ma grand-mère », avec, dans son cœur, un grand élan d'amour pour cette mère qui se taisait toujours. Ou alors, lorsque les visiteurs s'étonnaient de cette préférence, la mère disait : « C'est que c'est elle qui l'a élevé. »

C'est aussi que la vieille femme croyait que l'amour est une chose qu'on exige. Elle tirait de sa conscience de bonne mère de famille une sorte de rigidité et d'intolérance. Elle n'avait jamais trompé son mari et lui avait fait neuf enfants. Après sa mort, elle avait élevé sa petite famille avec énergie. Partis de leur ferme de banlieue, ils avaient échoué dans un vieux quartier pauvre qu'ils habitaient depuis longtemps.

Et certes, cette femme ne manquait pas de qualités. Mais, pour ses petits-fils qui étaient à l'âge des jugements absolus, elle n'était qu'une comédienne. Ils tenaient ainsi d'un de leurs oncles une histoire significative. Ce dernier, venant rendre visite à sa belle-mère, l'avait aperçue, inactive, à la fenêtre. Mais elle l'avait reçu un chiffon à la main, et s'était excusée de continuer son travail à cause du peu de temps que lui laissaient les soins du ménage. Et il faut bien avouer que tout était ainsi. C'est avec beaucoup de facilité qu'elle s'évanouissait au sortir d'une discussion de famille. Elle souffrait aussi de vomissements pénibles dus à une affection du foie. Mais elle n'apportait aucune discrétion dans l'exercice de sa maladie. Loin de s'isoler, elle vomissait avec fracas dans le bidon d'ordures de la cuisine. Et revenue parmi les siens, pâle, les yeux plein de larmes d'effort, si on la suppliait de se coucher, elle rappelait la cuisine qu'elle avait à faire et la place qu'elle tenait dans la direction de la maison : « C'est moi qui fais tout ici. » Et encore : « Qu'est-ce que vous deviendriez si je disparaissais ! »

Les enfants s'habituèrent à ne pas tenir compte de ses vomissements, de ses « attaques » comme elle disait, ni de ses plaintes. Elle s'alita un jour et réclama le médecin. On le fit venir pour lui complaire. Le premier jour, il décela un simple malaise, le deuxième un cancer du foie, et le troisième, un ictère grave. Mais le plus jeune des deux enfants s'entêtait à ne voir là qu'une nouvelle comédie, une simulation plus raffinée. Il n'était pas inquiet. Cette femme l'avait trop opprimé pour que ses premières vues puissent être pessimistes. Et il y a une sorte de courage désespéré dans la lucidité et le refus d'aimer. Mais à jouer la maladie, on peut effectivement la ressentir : la grand-mère poussa la simulation jusqu'à la mort. Le dernier jour, assistée de ses enfants, elle se délivrait de ses fermentations d'intestin. Avec simplicité, elle s'adressa à son petit-fils : « Tu vois, dit-elle, je pète comme un petit cochon. » Elle mourut une heure après.

Son petit-fils, il le sentait bien maintenant, n'avait rien compris à la chose. Il ne pouvait se délivrer de l'idée que s'était jouée devant lui la dernière et la plus monstrueuse des simulations de cette femme. Et s'il s'interrogeait sur la peine qu'il ressentait, il n'en décelait aucune. Le jour de l'enterrement seulement, à cause de l'explosion générale des larmes, il pleura, mais avec la crainte de ne pas être sincère et de mentir devant la mort. C'était par une belle journée d'hiver, traversée de rayons. Dans le bleu du ciel, on devinait le froid tout pailleté de jaune. Le cimetière dominait la ville et on pouvait voir le beau soleil transparent tomber sur la baie tremblante de lumière, comme une lèvre humide.

Tout ça ne se concilie pas ? La belle vérité. Une femme qu'on abandonne pour aller au cinéma, un vieil homme qu'on n'écoute plus, une mort qui ne rachète rien et puis, de l'autre côté, toute la lumière du monde. Qu'est-ce que ça fait, si on accepte tout ? Il s'agit de trois destins semblables et pourtant différents. La mort pour tous, mais à chacun sa mort. Après tout, le soleil nous chauffe quand même les os.

ENTRE OUI ET NON

S'il est vrai que les seuls paradis sont ceux qu'on a perdus, je sais comment nommer ce quelque chose de tendre et d'inhumain qui m'habite aujourd'hui. Un émigrant revient dans sa patrie. Et moi, je me souviens. Ironie, raidissement, tout se tait et me voici rapatrié. Je ne veux pas remâcher du bonheur. C'est bien plus simple et c'est bien plus facile. Car de ces heures que, du fond de l'oubli, je ramène vers moi, s'est conservé surtout le souvenir intact d'une pure émotion, d'un instant suspendu dans l'éternité. Cela seul est vrai en moi et je le sais toujours trop tard. Nous aimons le fléchissement d'un geste, l'opportunité d'un arbre dans le paysage. Et pour recréer tout cet amour, nous n'avons qu'un détail, mais qui suffit : une odeur de chambre trop longtemps fermée, le son singulier d'un pas sur la route. Ainsi de moi. Et si j'aimais alors en me donnant, enfin j'étais moi-même puisqu'il n'y a que l'amour qui nous rende à nous-mêmes.

Lentes, paisibles et graves, ces heures reviennent, aussi fortes, aussi émouvantes — parce que c'est le soir, que l'heure est triste et qu'il y a une sorte de désir vague dans le ciel sans lumière. Chaque geste retrouvé me révèle à moi-même. On m'a dit un jour : « C'est si difficile de vivre. » Et je me souviens du ton. Une autre fois, quelqu'un a murmuré : « La pire erreur, c'est encore de faire souffrir. » Quand tout est fini, la soif de vie est éteinte. Est-ce là ce qu'on appelle le bonheur ? En longeant ces souvenirs, nous revêtons tout du même vêtement discret et la mort nous apparaît comme une toile de fond aux tons vieillis. Nous revenons sur nous-mêmes. Nous sentons notre détresse et nous en aimons mieux. Oui, c'est peut-être cela le bonheur, le sentiment apitoyé de notre malheur.

C'est bien ainsi ce soir. Dans ce café maure, tout au bout de la ville arabe, je me souviens non d'un bonheur passé, mais d'un étrange sentiment. C'est déjà la nuit. Sur les murs, des lions jaune canari poursuivent des cheiks vêtus de vert, parmi des palmiers à cinq branches. Dans un angle du café, une lampe à acétylène donne une lumière inconstante. L'éclairage réel est donné par le foyer, au fond d'un petit four garni d'émaux verts et jaunes. La flamme éclaire le centre de la pièce et je sens ses reflets sur mon visage. Je fais face à la porte et à la baie. Accroupi dans un coin, le patron du café semble regarder mon verre resté vide, une feuille de menthe au fond. Personne dans la salle, les bruits de la ville en contrebas, plus loin des lumières sur la baie. J'entends l'Arabe respirer très fort, et ses yeux brillent dans la pénombre. Au loin, est-ce le bruit de la mer ? le monde soupire vers moi dans un rythme long et m'apporte l'indifférence et la tranquillité de ce qui ne meurt pas. De grands reflets rouges font ondoyer les lions sur les murs.

L'air devient frais. Une sirène sur la mer. Les phares commencent à tourner : une lumière verte, une rouge, une blanche. Et toujours ce grand soupir du monde. Une sorte de chant secret naît de cette indifférence. Et me voici rapatrié. Je pense à un enfant qui vécut dans un quartier pauvre. Ce quartier, cette maison ! Il n'y avait qu'un étage et les escaliers n'étaient pas éclairés. Maintenant encore, après de longues années, il pourrait y retourner en pleine nuit. Il sait qu'il grimperait l'escalier à toute vitesse sans trébucher une seule fois. Son corps même est imprégné de cette maison. Ses jambes conservent en elles la mesure exacte de la hauteur des marches. Sa main, l'horreur instinctive, jamais vaincue, de la rampe d'escalier. Et c'était à cause des cafards.

Les soirs d'été, les ouvriers se mettent au balcon. Chez lui, il n'y avait qu'une toute petite fenêtre. On descendait alors des chaises sur le devant de la maison et l'on goûtait le soir. Il y avait la rue, les marchands de glaces à côté, les cafés en face, et des bruits d'enfants courant de porte en porte. Mais surtout, entre les grands ficus, il y avait le ciel. Il y a une solitude dans la pauvreté, mais une solitude qui rend son prix à chaque chose. A un certain degré de richesse, le ciel lui-même et la nuit pleine d'étoiles semblent des biens naturels. Mais au bas de l'échelle, le ciel reprend tout son sens : une grâce sans prix. Nuits d'été, mystères où crépitaient des étoiles! Il y avait derrière l'enfant un couloir puant et sa petite chaise, crevée, s'enfonçait un peu sous lui. Mais les yeux levés, il buvait à même la nuit pure. Parfois passait un tramway, vaste et rapide. Un ivrogne enfin chantonnait au coin d'une rue sans parvenir à troubler le silence.

La mère de l'enfant restait aussi silencieuse. En certaines circonstances, on lui posait une question : « A quoi tu penses ? » « A rien », répondait-elle. Et c'est bien vrai. Tout est là, donc rien. Sa vie, ses intérêts, ses enfants se bornent à être là, d'une présence trop naturelle pour être sentie. Elle était infirme, pensait difficilement. Elle avait une mère rude et dominatrice qui sacrifiait tout à un amour-propre de bête susceptible et qui avait longtemps dominé l'esprit faible de sa fille. Émancipée par le mariage, celle-ci est docilement revenue, son mari mort. Il était mort au champ d'honneur, comme on dit. En bonne place, on peut voir dans un cadre doré la croix de guerre et la médaille militaire. L'hôpital a encore envoyé à la veuve un petit éclat d'obus retrouvé dans les chairs. La veuve l'a gardé. Il y a longtemps qu'elle n'a plus de chagrin. Elle a oublié son mari, mais parle encore du père de ses enfants. Pour élever ces derniers, elle travaille et donne son argent à sa mère. Celle-ci fait l'éducation des enfants avec une cravache. Quand elle frappe trop fort, sa fille lui dit : « Ne frappe pas sur la tête. » Parce que ce sont ses enfants, elle les aime bien. Elle les aime d'un égal amour qui ne s'est jamais révélé à eux. Quelquefois, comme en ces soirs dont lui se souvenait, revenue du travail exténuant (elle fait des ménages), elle trouve la maison vide. La vieille est aux commissions, les enfants encore à l'école. Elle se tasse alors sur une chaise et, les yeux vagues, se perd dans la poursuite éperdue d'une rainure du parquet. Autour d'elle, la nuit s'épaissit dans laquelle ce mutisme est d'une irrémédiable désolation. Si l'enfant entre à ce moment, il distingue la maigre silhouette aux épaules osseuses et s'arrête : il a peur. Il commence à sentir beaucoup de choses. A peine s'est-il aperçu de sa propre existence. Mais il a mal à pleurer devant ce silence animal. Il a pitié de sa mère, est-ce l'aimer ? Elle ne l'a jamais caressé puisqu'elle ne saurait pas. Il reste alors de longues minutes à la regarder. A se sentir étranger, il prend conscience de sa peine. Elle ne l'entend pas, car elle est sourde. Tout à l'heure, la vieille rentrera, la vie renaîtra : la lumière ronde de la lampe à pétrole, la toile cirée, les cris, les gros mots. Mais maintenant, ce silence marque un temps d'arrêt, un instant démesuré. Pour sentir cela confusément, l'enfant croit sentir dans l'élan qui l'habite, de l'amour pour sa mère. Et il le faut bien parce qu'après tout c'est sa mère.

Elle ne pense à rien. Dehors, la lumière, les bruits ; ici le silence dans la nuit. L'enfant grandira, apprendra. On l'élève et on lui demandera de la reconnaissance, comme si on lui évitait la douleur. Sa mère toujours aura ces silences. Lui croîtra en douleur. Être un homme, c'est ce qui compte. Sa grand-mère mourra, puis sa mère, lui.

La mère a sursauté. Elle a eu peur. Il a l'air idiot à la regarder ainsi. Qu'il aille faire ses devoirs. L'enfant a fait ses devoirs. Il est aujourd'hui dans un café sordide. Il est maintenant un homme. N'est-ce pas cela qui compte ? Il faut bien croire que non, puisque faire ses devoirs et accepter d'être un homme conduit seulement à être vieux.

L'Arabe dans son coin, toujours accroupi, tient ses pieds entre ses mains. Des terrasses monte une odeur de café grillé avec des bavardages animés de voix jeunes. Un remorqueur donne encore sa note grave et tendre. Le monde s'achève ici comme chaque jour et, de tous ses tourments sans mesure, rien ne demeure maintenant que cette promesse de paix. L'indifférence de cette mère étrange! Il n'y a que cette immense solitude du monde qui m'en donne la mesure. Un soir, on avait appelé son fils — déjà grand — auprès d'elle. Une frayeur lui avait valu une sérieuse commotion cérébrale. Elle avait l'habitude de se mettre au balcon à la fin de la journée. Elle prenait une chaise et plaçait sa bouche sur le fer froid et salé du balcon. Elle regardait alors passer les gens. Derrière elle, la nuit s'amassait peu à peu. Devant elle, les magasins s'illuminaient brusquement. La rue se grossissait de monde et de lumières. Elle s'y perdait dans une contemplation sans but. Le soir dont il s'agit, un homme avait surgi derrière elle, l'avait traînée, brutalisée et s'était enfui en entendant du bruit. Elle n'avait rien vu, et s'était évanouie. Elle était couchée quand son fils arriva. Il décida sur l'avis du docteur de passer la nuit auprès d'elle. Il s'allongea sur le lit, à côté d'elle, à même les couvertures. C'était l'été. La peur du drame récent traînait dans la chambre surchauffée. Des pas bruissaient et des portes grinçaient. Dans l'air lourd, flottait l'odeur du vinaigre dont on avait rafraîchi la malade. Elle, de son côté, s'agitait, geignait, sursautait brusquement parfois. Elle le tirait alors de courtes somnolences d'où il surgissait trempé de sueur, déjà alerté — et où il retombait, pesamment, après un regard à la montre où dansait, trois fois répétée, la flamme de la veilleuse. Ce n'est que plus tard qu'il éprouva combien ils avaient été seuls en cette nuit. Seuls contre tous. Les « autres » dormaient, à l'heure où tous deux respiraient la fièvre. Dans cette vieille maison, tout semblait creux alors. Les tramways de minuit drainaient en s'éloignant toute l'espérance qui nous vient des hommes, toutes les certitudes que nous donne le bruit des villes. La maison résonnait encore de leur passage et par degrés tout s'éteignait. Il ne restait plus qu'un grand jardin de silence où croissaient parfois les gémissements apeurés de la malade. Lui ne s'était jamais senti aussi dépaysé. Le monde s'était dissous et avec lui l'illusion que la vie recommence tous les jours. Rien n'existait plus, études ou ambitions, préférences au restaurant ou couleurs favorites. Rien que la maladie et la mort où il se sentait plongé... Et pourtant, à l'heure même où le monde croulait, lui vivait. Et même il avait fini par s'endormir. Non cependant sans emporter l'image désespérante et tendre d'une solitude à deux. Plus tard, bien plus tard, il devait se souvenir de cette odeur mêlée de sueur et de vinaigre, de ce moment où il avait senti les liens qui l'attachaient à sa mère. Comme si elle était l'immense pitié de son cœur, répandue autour de lui, devenue corporelle et jouant avec application, sans souci de l'imposture, le rôle d'une vieille femme pauvre à l'émouvante destinée.

Maintenant le feu se recouvre de cendre dans le foyer. Et toujours le même soupir de la terre. Une derbouka fait entendre son chant perlé. Une voix rieuse de femme s'y plaque. Des lumières avancent sur la baie — les barques de pêche sans doute qui rentrent dans la darse. Le triangle de ciel que je vois de ma place est dépouillé des nuages du jour. Gorgé d'étoiles, il frémit sous un souffle pur et les ailes feutrées de la nuit battent lentement autour de moi. Jusqu'où ira cette nuit où je ne m'appartiens plus ? Il y a une vertu dangereuse dans le mot simplicité. Et cette nuit, je comprends qu'on puisse vouloir mourir parce que, au regard d'une certaine transparence de la vie, plus rien n'a d'importance. Un homme souffre et subit malheurs sur malheurs. Il les supporte, s'installe dans son destin. On l'estime. Et puis, un soir, rien : il rencontre un ami qu'il a beaucoup aimé. Celui-ci lui parle distraitement. En rentrant, l'homme se tue. On parle ensuite de chagrins intimes et de drame secret. Non. Et s'il faut absolument une cause, il s'est tué parce qu'un ami lui a parlé distraitement. Ainsi, chaque fois qu'il m'a semblé éprouver le sens profond du monde, c'est sa simplicité qui m'a toujours bouleversé. Ma mère, ce soir, et son étrange indifférence. Une autre fois, j'habitais dans une villa de banlieue, seul avec un chien, un couple de chats et leurs petits, tous noirs. La chatte ne pouvait les nourrir. Un à un, tous les petits mouraient. Ils remplissaient leur pièce d'ordures. Et chaque soir, en rentrant, j'en trouvais un tout raidi et les babines retroussées. Un soir, je trouvai le dernier, mangé à moitié par sa mère. Il sentait déjà. L'odeur de mort se mélangeait à l'odeur d'urine. Je m'assis alors au milieu de toute cette misère et, les mains dans l'ordure, respirant cette odeur de pourriture, je regardai longtemps la flamme démente qui brillait dans les yeux verts de la chatte, immobile dans un coin. Oui. C'est bien ainsi ce soir. A un certain degré de dénuement, plus rien ne conduit à plus rien, ni l'espoir ni le désespoir ne paraissent fondés, et la vie tout entière se résume dans une image. Mais pourquoi s'arrêter là ? Simple, tout est simple, dans les lumières des phares, une verte, une rouge, une blanche ; dans la fraîcheur de la nuit et les odeurs de ville et de pouillerie qui montent jusqu'à moi.

Si ce soir, c'est l'image d'une certaine enfance qui revient vers moi, comment ne pas accueillir la leçon d'amour et de pauvreté que je puis en tirer ? Puisque cette heure est comme un intervalle entre oui et non, je laisse pour d'autres heures l'espoir ou le dégoût de vivre. Oui, recueillir seulement la transparence et la simplicité des paradis perdus : dans une image. Et c'est ainsi qu'il n'y a pas longtemps, dans une maison d'un vieux quartier, un fils est allé voir sa mère. Ils sont assis face à face, en silence. Mais leurs regards se rencontrent :

« Alors, maman.

— Alors, voilà.

— Tu t'ennuies ? Je ne parle pas beaucoup ?

— Oh, tu n'as jamais beaucoup parlé. »

Et un beau sourire sans lèvres se fond sur son visage. C'est vrai, il ne lui a jamais parlé. Mais quel besoin, en vérité ? A se taire, la situation s'éclaircit. Il est son fils, elle est sa mère. Elle peut lui dire : « Tu sais. »

Elle est assise au pied du divan, les pieds

joints, les mains jointes sur ses genoux. Lui, sur sa chaise, la regarde à peine et fume sans arrêt. Un silence.

« Tu ne devrais pas tant fumer.

— C'est vrai. »

Toute l'odeur du quartier remonte par la fenêtre. L'accordéon du café voisin, la circulation qui se presse au soir, l'odeur des brochettes de viande grillée qu'on mange entre des petits pains élastiques, un enfant qui pleure dans la rue. La mère se lève et prend un tricot. Elle a des doigts gourds que l'arthritisme a déformés. Elle ne travaille pas vite, reprenant trois fois la même maille ou défaisant toute une rangée avec un sourd crépitement.

« C'est un petit gilet. Je le mettrai avec un col blanc. Ça et mon manteau noir, je serai habillée pour la saison. »

Elle s'est levée pour donner de la lumière.

« Il fait nuit de bonne heure maintenant. »

C'était vrai. Ce n'était plus l'été et pas encore l'automne. Dans le ciel doux, des martinets criaient encore.

« Tu reviendras bientôt ?

— Mais je ne suis pas encore parti. Pourquoi parles-tu de ça ?

— Non, c'était pour dire quelque chose. »

Un tramway passe. Une auto.

« C'est vrai que je ressemble à mon père ?

— Oh, ton père tout craché. Bien sûr, tu ne l'as pas connu. Tu avais six mois quand il est mort. Mais si tu avais une petite moustache ! »

C'est sans conviction qu'il a parlé de son père. Aucun souvenir, aucune émotion. Sans doute, un homme comme tant d'autres. D'ailleurs, il était parti très enthousiaste. A la Marne, le crâne ouvert. Aveugle et agonisant pendant une semaine : inscrit sur le monument aux morts de sa commune.

« Au fond, dit-elle, ça vaut mieux. Il serait revenu aveugle ou fou. Alors, le pauvre...

— C'est vrai. »

Et qu'est-ce donc qui le retient dans cette chambre, sinon la certitude que ça vaut toujours mieux, le sentiment que toute l'absurde simplicité du monde s'est réfugiée dans cette pièce.

« Tu reviendras? dit-elle. Je sais bien que tu as du travail. Seulement, de temps en temps... »

Mais à cette heure, où suis-je? Et comment séparer ce café désert de cette chambre du passé. Je ne sais plus si je vis ou si je me souviens. Les lumières des phares sont là. Et l'Arabe qui se dresse devant moi me dit qu'il va fermer. Il faut sortir. Je ne veux plus descendre cette pente si dangereuse. Il est vrai que je regarde une dernière fois la baie et ses lumières, que ce qui monte alors vers moi n'est pas l'espoir de jours meilleurs, mais une indifférence sereine et primitive à tout et à moi-même. Mais il faut briser cette courbe trop molle et trop facile. Et j'ai besoin de ma lucidité. Oui, tout est simple. Ce sont les hommes qui compliquent les choses. Qu'on ne nous raconte pas d'histoires. Qu'on ne nous dise pas du condamné à mort : « Il va payer sa dette à la société », mais

« On va lui couper le cou. » Ça n'a l'air de rien. Mais ça fait une petite différence. Et puis, il y a des gens qui préfèrent regarder leur destin dans les yeux.

LA MORT DANS L'AME

J'arrivai à Prague à six heures du soir. Tout de suite, je portai mes bagages à la consigne. J'avais encore deux heures pour chercher un hôtel. Et je me sentais gonflé d'un étrange sentiment de liberté parce que mes deux valises ne pesaient plus à mes bras. Je sortis de la gare, marchai le long de jardins et me trouvai soudain jeté en pleine avenue Wenceslas, bouillonnante de monde à cette heure. Autour de moi, un million d'êtres qui avaient vécu jusque-là et de leur existence rien n'avait transpiré pour moi. Ils vivaient. J'étais à des milliers de kilomètres du pays familier. Je ne comprenais pas leur langage. Tous marchaient vite. Et me dépassant, tous se détachaient de moi. Je perdis pied.

J'avais peu d'argent. De quoi vivre six jours. Mais, au bout de ce temps, on devait me rejoindre. Pourtant, l'inquiétude me vint aussi à ce sujet. Je me mis donc à la recherche d'un hôtel modeste. J'étais dans la ville neuve et tous ceux qui m'apparaissaient éclataient de lumières, de rires et de femmes. J'allai plus vite. Quelque chose dans ma course précipitée ressemblant déjà à une fuite. Vers huit heures pourtant, fatigué, j'arrivai dans la vieille ville. Là, un hôtel d'apparence modeste, à petite entrée, me séduisit. J'entre. Je fais ma fiche, prends ma clef. J'ai la chambre n° 34, au troisième étage. J'ouvre la porte et me trouve dans une pièce très luxueuse. Je cherche l'indication d'un prix : il est deux fois plus élevé que je ne pensais. La question d'argent devient épineuse. Je ne peux plus vivre que pauvrement dans cette grande ville. L'inquiétude, encore indifférenciée tout à l'heure, se précise. Je suis mal à l'aise. Je me sens creux et vide. Un moment de lucidité pourtant : on m'a toujours attribué, à tort ou à raison, la plus grande indifférence à l'égard des questions d'argent. Que vient faire ici cette stupide appréhension ? Mais, déjà, l'esprit marche. Il faut manger, marcher à nouveau et chercher le restaurant modeste. Je ne dois pas dépenser plus de dix couronnes à chacun de mes repas. De tous les restaurants que je vois, le moins cher est aussi le moins accueillant. Je passe et repasse. A l'intérieur, on finit par prendre garde à mon manège : il faut entrer. C'est un caveau assez sombre, peint de fresques prétentieuses. Le public est assez mêlé. Quelques filles, dans un coin, fument et parlent avec gravité. Des hommes mangent, la plupart sans âge et sans couleur. Le garçon, un colosse au smoking graisseux, avance vers moi une énorme tête sans expression. Vite, au hasard, j'indique sur le menu, incompréhensible pour moi, un plat. Mais il paraît que ça vaut une explication. Et le garçon m'interroge en tchèque. Je réponds avec le peu d'allemand que je sais. Il ignore l'allemand. Je m'énerve. Lui appelle une des filles qui s'avance avec une pose classique, main gauche sur la hanche, cigarette dans la droite et sourire mouillé. Elle s'assied à ma table et m'interroge dans un allemand que je juge aussi mauvais que le mien. Tout s'explique. Le garçon voulait me vanter le plat du jour. Beau joueur, j'accepte le plat du jour. La fille me parle, mais je ne comprends plus. Naturellement, je dis oui de mon air le plus pénétré. Mais je ne suis pas ici. Tout m'exaspère, je vacille, je n'ai pas faim. Et toujours cette pointe douloureuse en moi et le ventre serré. J'offre un demi parce que je sais mes usages. Le plat du jour arrivé, je mange : un mélange de semoule et de viande, rendu écœurant par une quantité invraisemblable de cumin. Mais je pense à autre chose, à rien plutôt, fixant la bouche grasse et rieuse de la femme qui me fait face. Croit-elle à une invite ? Elle est déjà près de moi, se fait collante. Un geste machinal de moi la retient. (Elle était laide. J'ai souvent pensé que si cette fille avait été belle, j'eusse échappé à tout ce qui suivit.) J'avais peur d'être malade, là, au milieu de ces gens prêts à rire. Plus encore d'être seul dans ma chambre d'hôtel, sans argent et sans ardeur, réduit à moi-même et à mes misérables pensées. Je me demande, encore aujourd'hui, avec gêne, comment l'être hagard et lâche que j'étais alors a pu sortir de moi. Je partis. Je marchai dans la vieille ville, mais incapable de rester plus longtemps en face de moi-même, je courus jusqu'à mon hôtel, me couchai, attendis le sommeil qui vint presque aussitôt.

Tout pays où je ne m'ennuie pas est un pays qui ne m'apprend rien. C'est avec de telles phrases que j'essayais de me remonter. Mais vais-je décrire les jours qui suivirent ? Je retournai à mon restaurant. Matin et soir, je subis l'affreuse nourriture au cumin qui me soulevait le cœur. Par là, je promenai toute la journée une perpétuelle envie de vomir. Mais je n'y cédai pas, sachant qu'il fallait s'alimenter. D'ailleurs, qu'était cela au prix de ce qu'il eût fallu subir à essayer un nouveau restaurant ? Là du moins, j'étais « reconnu ». On me souriait si on ne m'y parlait pas. D'autre part, l'angoisse gagnait du terrain. Je considérais trop cette pointe aiguë dans mon cerveau. Je décidai d'organiser mes journées, d'y répandre des points d'appui. Je restais au lit le plus tard possible et mes journées se trouvaient diminuées d'autant. Je faisais ma toilette et j'explorais méthodiquement la ville. Je me perdais dans les somptueuses églises baroques, essayant d'y retrouver une patrie, mais sortant plus vide et plus désespéré de ce tête-à-tête décevant avec moi-même. J'errais le long de l'Vltava coupée de barrages bouillonnants. Je passais des heures démesurées dans l'immense quartier du Hradschin, désert et silencieux. A l'ombre de sa cathédrale et de ses palais, à l'heure où le soleil déclinait, mon pas solitaire faisait résonner les rues. Et m'en apercevant, la panique me reprenait. Je dînais tôt et me couchais à huit heures et demie. Le soleil m'arrachait à moi-même. Églises, palais et musées, je tentais d'adoucir mon angoisse dans toutes les œuvres d'art. Truc classique : je voulais résoudre ma révolte en mélancolie. Mais en vain. Aussitôt sorti, j'étais un étranger. Une fois pourtant, dans un cloître baroque, à l'extrémité de la ville, la douceur de l'heure, les cloches qui tintaient lentement, des grappes de pigeons se détachant de la vieille tour, quelque chose aussi comme un parfum d'herbes et de néant, fit naître en moi un silence tout peuplé de larmes qui me mit à deux doigts de la délivrance. Et rentré le soir, j'écrivis d'un trait ce qui suit et que je transcris avec fidélité parce que je retrouve dans son emphase même la complexité de ce qu'alors je ressentais : « Et quel autre profit vouloir tirer du voyage ? Me voici sans parure. Ville dont je ne sais pas lire les enseignes, caractères étranges où rien de familier ne s'accroche, sans amis à qui parler, sans divertissement enfin. De cette chambre où arrivent les bruits d'une ville étrangère, je sais bien que rien ne peut me tirer pour m'amener vers la lumière plus délicate d'un foyer ou d'un lieu aimé. Vais-je appeler, crier ? Ce sont des visages étrangers qui paraîtront. Églises, or et encens, tout me rejette dans une vie quotidienne où mon angoisse donne son prix à chaque chose. Et voici que le rideau des habitudes, le tissage confortable des gestes et des paroles où le cœur s'assoupit, se relève lentement et dévoile enfin la face blême de l'inquiétude. L'homme est face à face avec lui-même : je le défie d'être heureux... Et c'est pourtant par là que le voyage l'illumine. Un grand désaccord se fait entre lui et les choses. Dans ce cœur moins solide, la musique du monde entre plus aisément. Dans ce grand dénuement enfin, le moindre arbre isolé devient la plus tendre et la plus fragile des images. Œuvres d'art et sourires de femmes, races d'hommes plantées dans leur terre et monuments où les siècles se résument, c'est un émouvant et sensible paysage que le voyage compose. Et puis, au bout du jour, cette chambre d'hôtel où quelque chose à nouveau se creuse en moi comme une faim de l'âme. » Mais ai-je besoin d'avouer que tout cela, c'étaient des histoires pour m'endormir. Et je puis bien le dire maintenant, ce qui me reste de Prague, c'est cette odeur de concombres trempés dans le vinaigre, qu'on vend à tous les coins de rues pour manger sur le pouce, et dont le parfum aigre et piquant réveillait mon angoisse et l'étoffait dès que j'avais dépassé le seuil de mon hôtel. Cela et peut-être aussi certain air d'accordéon. Sous mes fenêtres, un aveugle manchot, assis sur son instrument, le maintenait d'une fesse et le maniait de sa main valide. C'était toujours le même air puéril et tendre qui me réveillait le matin pour me placer brusquement dans la réalité sans décor où je me débattais.

Je me souviens encore que sur les bords de l'Vltava, je m'arrêtais soudain et, saisi par cette odeur ou cette mélodie, projeté tout au bout de moi-même, je me disais tout bas : « Qu'est-ce que ça signifie? Qu'est-ce que ça signifie? » Mais, sans doute, je n'étais pas encore arrivé aux confins. Le quatrième jour, au matin, vers dix heures, je me préparais à sortir. Je voulais voir certain cimetière juif que je n'avais pas pu trouver le jour précédent. On frappa à la porte d'une chambre voisine. Après un moment de silence, on frappa de nouveau. Longuement, cette fois, mais en vain apparemment. Un pas lourd descendit les étages. Sans y prêter attention, l'esprit creux, je perdis quelque temps à lire le mode d'emploi d'une pâte à raser dont j'usais d'ailleurs depuis un mois. La journée était lourde. Du ciel couvert, une lumière cuivrée descendait sur les flèches et les dômes de la vieille Prague. Les crieurs de journaux annonçaient comme tous les matins la *Narodni Politika.* Je m'arrachai avec peine à la torpeur qui me gagnait. Mais au moment de sortir, je croisai le garçon d'étage, armé de clefs. Je m'arrêtai. Il frappa de nouveau, longuement. Il tenta d'ouvrir. Rien n'y fit. Le verrou intérieur devait être poussé. Nouveaux coups. La chambre sonnait creux, et de façon si lugubre qu'oppressé, je partis sans vouloir rien demander. Mais dans les rues de Prague, j'étais poursuivi par un douloureux pressentiment. Comment oublierai-je la figure niaise du garçon d'étage, ses souliers vernis recourbés de façon bizarre, et le bouton qui manquait à sa veste ? Je déjeunai enfin, mais avec un dégoût croissant. Vers deux heures, je retournai à l'hôtel.

Dans le hall, le personnel chuchotait. Je montai rapidement les étages pour me trouver plus vite en face de ce que j'attendais. C'était bien cela. La porte de la chambre était à demi ouverte, de sorte que l'on voyait seulement un grand mur peint en bleu. Mais la lumière sourde dont j'ai parlé plus haut projetait sur cet écran l'ombre d'un mort étendu sur le lit et celle d'un policier montant la garde devant le corps. Les deux ombres se coupaient à angle droit. Cette lumière me bouleversa. Elle était authentique, une vraie lumière de vie, d'après-midi de vie, une lumière qui fait qu'on s'aperçoit qu'on vit. Lui était mort. Seul dans sa chambre. Je savais que ce n'était pas un suicide. Je rentrai précipitamment dans ma chambre et me jetai sur mon lit. Un homme comme beaucoup d'autres, petit et gros si j'en croyais l'ombre. Il y avait longtemps qu'il était mort sans doute. Et la vie avait continué dans l'hôtel, jusqu'à ce que le garçon ait eu l'idée de l'appeler. Il était arrivé là sans se douter de rien et il était mort seul. Moi, pendant ce temps, je lisais la réclame de ma pâte à raser. Je passai l'après-midi entier dans un état que j'aurais peine à décrire. J'étais étendu, la tête vide et le cœur étrangement serré. Je faisais mes ongles. Je comptais les rainures du parquet. « Si je peux compter jusqu'à mille... » A cinquante ou soixante, c'était la débâcle. Je ne pouvais aller plus loin. Je n'entendais rien des bruits du dehors. Une fois cependant, dans le couloir, une voix étouffée, une voix de femme qui disait en allemand : « Il était si bon. » Alors je pensai désespérément à ma ville, au bord de la Méditerranée, aux soirs d'été que j'aime tant, très doux dans la lumière verte et pleins de femmes jeunes et belles. Depuis des jours, je n'avais pas prononcé une seule parole et mon cœur éclatait de cris et de révoltes contenus. J'aurais pleuré comme un enfant si quelqu'un m'avait ouvert ses bras. Vers la fin de l'après-midi, brisé de fatigue, je fixais éperdument le loquet de ma porte, la tête creuse et ressassant un air populaire d'accordéon. A ce moment, je ne pouvais aller plus loin. Plus de pays, plus de ville, plus de chambre et plus de nom, folie ou conquête, humiliation ou inspiration, allais-je savoir ou me consumer ? On frappa à la porte et mes amis entrèrent. J'étais sauvé même si j'étais frustré. Je crois bien que j'ai dit : « Je suis content de vous revoir. » Mais je suis sûr que là se sont arrêtés mes aveux et que je suis resté à leurs yeux l'homme qu'ils avaient quitté.

Je quittai Prague peu après. Et certes, je me suis intéressé à ce que je vis ensuite. Je pourrais noter telle heure dans le petit cimetière gothique de Bautzen, le rouge éclatant de ses géraniums, et le matin bleu. Je pourrais parler des longues plaines de Silésie, impitoyables et ingrates. Je les ai traversées au petit jour. Un vol pesant d'oiseaux passait dans le matin brumeux et gras, au-dessus des terres gluantes. J'aimai aussi la Moravie tendre et grave, ses lointains purs, ses chemins bordés de pruniers aux fruits aigres. Mais je gardais au fond de moi l'étourdissement de ceux qui ont trop regardé dans une crevasse sans fond. J'arrivai à Vienne, en repartis au bout d'une semaine, et j'étais toujours prisonnier de moi-même.

Pourtant, dans le train qui me menait de Vienne à Venise, j'attendais quelque chose. J'étais comme un convalescent qu'on a nourri de bouillons et qui pense à ce que sera la première croûte de pain qu'il mangera. Une lumière naissait. Je le sais maintenant : j'étais prêt pour le bonheur. Je parlerai seulement des six jours que je vécus sur une colline près de Vicence. J'y suis encore, ou plutôt, je m'y retrouve parfois, et souvent tout m'est rendu dans un parfum de romarin.

J'entre en Italie. Terre faite à mon âme, je reconnais un à un les signes de son approche. Ce sont les premières maisons aux tuiles écailleuses, les premières vignes plaquées contre un mur que le sulfatage a bleui. Ce sont les premiers linges tendus dans les cours, le désordre des choses, le débraillé des hommes. Et le premier cyprès (si grêle et pourtant si droit), le premier olivier, le figuier poussiéreux. Places pleines d'ombres des petites villes italiennes, heures de midi où les pigeons cherchent un abri, lenteur et paresse, l'âme y use ses révoltes. La passion chemine par degrés vers les larmes. Et puis, voici Vicence. Ici, les journées tournent sur elles-mêmes, depuis l'éveil du jour gonflé du cri des poules jusqu'à ce soir sans égal, doucereux et tendre, soyeux derrière les cyprès et mesuré longuement par le chant des cigales. Ce silence intérieur qui m'accompagne, il naît de la course lente qui mène la journée à cette autre journée.

Qu'ai-je à souhaiter d'autre que cette chambre ouverte sur la plaine, avec ses meubles antiques et ses dentelles au crochet. J'ai tout le ciel sur la face et ce tournoiement des journées, il me semble que je pourrais le suivre sans cesse, immobile, tournoyant avec elles. Je respire le seul bonheur dont je sois capable — une conscience attentive et amicale. Je me promène tout le jour : de la colline, je descends vers Vicence ou bien je vais plus avant dans la campagne. Chaque être rencontré, chaque odeur de cette rue, tout m'est prétexte pour aimer sans mesure. Des jeunes femmes qui surveillent une colonie de vacances, la trompette des marchands de glaces (leur voiture, c'est une gondole montée sur roues et munie de brancards), les étalages de fruits, pastèques rouges aux graines noires, raisins translucides et gluants — autant d'appuis pour qui ne sait plus être seul [1]. Mais la flûte aigre et tendre des cigales, le parfum d'eaux et

1. C'est-à-dire tout le monde.

d'étoiles qu'on rencontre dans les nuits de septembre, les chemins odorants parmi les lentisques et les roseaux, autant de signes d'amour pour qui est forcé d'être seul [1]. Ainsi, les journées passent. Après l'éblouissement des heures pleines de soleil, le soir vient, dans le décor splendide que lui fait l'or du couchant et le noir des cyprès. Je marche alors sur la route, vers les cigales qui s'entendent de si loin. A mesure que j'avance, une à une, elles mettent leur chant en veilleuse, puis se taisent. J'avance d'un pas lent, oppressé par tant d'ardente beauté. Une à une, derrière moi, les cigales enflent leur voix puis chantent : un mystère dans ce ciel d'où tombent l'indifférence et la beauté. Et, dans la dernière lumière, je lis au fronton d'une villa : « In magnificentia naturae, resurgit spiritus. » C'est là qu'il faut s'arrêter. La première étoile déjà, puis trois lumières sur la colline d'en face, la nuit soudain tombée sans rien qui l'ait

1. C'est-à-dire tout le monde.

annoncée, un murmure et une brise dans les buissons derrière moi, la journée s'est enfuie, me laissant sa douceur.

Bien sûr, je n'avais pas changé, je n'étais seulement plus seul. A Prague, j'étouffais entre des murs. Ici, j'étais devant le monde, et projeté autour de moi, je peuplais l'univers de formes semblables à moi. Car je n'ai pas encore parlé du soleil. De même que j'ai mis longtemps à comprendre mon attachement et mon amour pour le monde de pauvreté où s'est passée mon enfance, c'est maintenant seulement que j'entrevois la leçon du soleil et des pays qui m'ont vu naître. Un peu avant midi, je sortais et me dirigeais vers un point que je connaissais et qui dominait l'immense plaine de Vicence. Le soleil était presque au zénith, le ciel d'un bleu intense et aéré. Toute la lumière qui en tombait dévalait la pente des collines, habillait les cyprès et les oliviers, les maisons blanches et les toits rouges, de la plus chaleureuse des robes, puis allait se perdre dans la plaine qui fumait au soleil. Et chaque fois, c'était le même dénuement. En moi, l'ombre horizontale du petit homme gros et court. Et dans ces plaines tourbillonnantes au soleil et dans la poussière, dans ces collines rasées et toutes croûteuses d'herbes brûlées, ce que je touchais du doigt, c'était une forme dépouillée et sans attraits de ce goût du néant que je portais en moi. Ce pays me ramenait au cœur de moi-même et me mettait en face de mon angoisse secrète. Mais c'était l'angoisse de Prague et ce n'était pas elle. Comment l'expliquer ? Certes, devant cette plaine italienne, peuplée d'arbres, de soleil et de sourires, j'ai saisi mieux qu'ailleurs l'odeur de mort et d'inhumanité qui me poursuivait depuis un mois. Oui, cette plénitude sans larmes, cette paix sans joie qui m'emplissait, tout cela n'était fait que d'une conscience très nette de ce qui ne me revenait pas : d'un renoncement et d'un désintérêt. Comme celui qui va mourir et qui le sait ne s'intéresse pas au sort de sa femme, sauf dans les romans. Il réalise la vocation de l'homme qui est d'être égoïste, c'est-à-dire désespéré. Pour moi, aucune promesse d'immortalité dans ce pays. Que me faisait de revivre en mon âme, et sans yeux pour voir Vicence, sans mains pour toucher les raisins de Vicence, sans peau pour sentir la caresse de la nuit sur la route du Monte Berico à la villa Valmarana ?

Oui, tout ceci était vrai. Mais, en même temps, entrait en moi avec le soleil quelque chose que je saurais mal dire. A cette extrême pointe de l'extrême conscience, tout se rejoignait et ma vie m'apparaissait comme un bloc à rejeter ou à recevoir. J'avais besoin d'une grandeur. Je la trouvais dans la confrontation de mon désespoir profond et de l'indifférence secrète d'un des plus beaux paysages du monde. J'y puisais la force d'être courageux et conscient à la fois. C'était assez pour moi d'une chose si difficile et si paradoxale. Mais, peut-être, ai-je déjà forcé quelque chose de ce qu'alors je ressentais si justement. Au reste, je reviens souvent à Prague et aux jours mortels que j'y vécus. J'ai retrouvé ma ville. Parfois, seulement, une odeur aigre de concombre et de vinaigre vient réveiller mon inquiétude. Il faut alors que je pense à Vicence. Mais les deux me sont chères et je sépare mal mon amour de la lumière et de la vie d'avec mon secret attachement pour l'expérience désespérée que j'ai voulu décrire. On l'a compris déjà, et moi, je ne veux pas me résoudre à choisir. Dans la banlieue d'Alger, il y a un petit cimetière aux portes de fer noir. Si l'on va jusqu'au bout, c'est la vallée que l'on découvre avec la baie au fond. On peut longtemps rêver devant cette offrande qui soupire avec la mer. Mais quand on revient sur ses pas, on trouve une plaque « Regrets éternels », dans une tombe abandonnée. Heureusement, il y a les idéalistes pour arranger les choses.

AMOUR DE VIVRE

La nuit à Palma, la vie reflue lentement vers le quartier des cafés chantants, derrière le marché : des rues noires et silencieuses jusqu'au moment où l'on arrive devant des portes persiennes où filtrent la lumière et la musique. J'ai passé près d'une nuit dans l'un de ces cafés. C'était une petite salle très basse, rectangulaire, peinte en vert, décorée de guirlandes roses. Le plafond boisé était couvert de minuscules ampoules rouges. Dans ce petit espace s'étaient miraculeusement casés un orchestre, un bar aux bouteilles multicolores et le public, serré à mourir, épaules contre épaules. Des hommes seulement. Au centre, deux mètres carrés d'espace libre. Des verres et des bouteilles en fusaient, envoyés par le garçon aux quatre coins de la salle. Pas un être ici n'était conscient. Tous hurlaient. Une sorte d'officier de marine m'éructait dans la figure des politesses chargées d'alcool. A ma table, un nain sans âge me racontait sa vie. Mais j'étais trop tendu pour l'écouter. L'orchestre jouait sans arrêt des mélodies dont on ne saisissait que le rythme parce que tous les pieds en donnaient la mesure. Parfois la porte s'ouvrait. Au milieu des hurlements, on encastrait un nouvel arrivant entre deux chaises [1].

Un coup de cymbale soudain et une femme sauta brusquement dans le cercle exigu, au milieu du cabaret. « Vingt et un ans », me dit l'officier. Je fus stupéfait. Un visage de jeune fille, mais sculpté dans une montagne de chair. Cette femme pouvait avoir un mètre quatre-vingts. Énorme, elle devait peser trois cents livres. Les mains sur les hanches, vêtue d'un filet

1. Il y a une certaine aisance dans la joie qui définit la vraie civilisation. Et le peuple espagnol est un des rares en Europe qui soit civilisé.

jaune dont les mailles faisaient gonfler un damier de chair blanche, elle souriait; et chacun des coins de sa bouche renvoyait vers l'oreille une série de petites ondulations de chair. Dans la salle, l'excitation n'avait plus de bornes. On sentait que cette fille était connue, aimée, attendue. Elle souriait toujours. Elle promena son regard autour du public, et toujours silencieuse et souriante, fit onduler son ventre en avant. La salle hurla, puis réclama une chanson qui paraissait connue. C'était un chant andalou, nasillard et rythmé sourdement par la batterie, toutes les trois mesures. Elle chantait et, à chaque coup, mimait l'amour de tout son corps. Dans ce mouvement monotone et passionné, de vraies vagues de chair naissaient sur ses hanches et venaient mourir sur ses épaules. La salle était comme écrasée. Mais, au refrain, la fille, tournant sur elle-même, tenant ses seins à pleines mains, ouvrant sa bouche rouge et mouillée, reprit la mélodie, en chœur avec la salle, jusqu'à ce que tout le monde soit levé dans le tumulte.

Elle, campée au centre, gluante de sueur, dépeignée, dressait sa taille massive, gonflée dans son filet jaune. Comme une déesse immonde sortant de l'eau, le front bête et bas, les yeux creux, elle vivait seulement par un petit tressaillement du genou comme en ont les chevaux après la course. Au milieu de la joie trépignante qui l'entourait, elle était comme l'image ignoble et exaltante de la vie, avec le désespoir de ses yeux vides et la sueur épaisse de son ventre...

Sans les cafés et les journaux, il serait difficile de voyager. Une feuille imprimée dans notre langue, un lieu où le soir nous tentons de coudoyer des hommes, nous permet de mimer dans un geste familier l'homme que nous étions chez nous, et qui, à distance, nous paraît si étranger. Car ce qui fait le prix du voyage, c'est la peur. Il brise en nous une sorte de décor intérieur. Il n'est plus possible de tricher — de se masquer derrière des heures de bureau et de chantier (ces heures contre lesquelles nous protestons si fort et qui nous défendent si sûrement contre la souffrance d'être seul). C'est ainsi que j'ai toujours envie d'écrire des romans où mes héros diraient : « Qu'est-ce que je deviendrais sans mes heures de bureau ? » ou encore : « Ma femme est morte, mais par bonheur, j'ai un gros paquet d'expéditions à rédiger pour demain. » Le voyage nous ôte ce refuge. Loin des nôtres, de notre langue, arrachés à tous nos appuis, privés de nos masques (on ne connaît pas le tarif des tramways et tout est comme ça), nous sommes tout entiers à la surface de nous-mêmes. Mais aussi, à nous sentir l'âme malade, nous rendons à chaque être, à chaque objet, sa valeur de miracle. Une femme qui danse sans penser, une bouteille sur une table, aperçue derrière un rideau : chaque image devient un symbole. La vie nous semble s'y refléter tout entière, dans la mesure où notre vie à ce moment s'y résume. Sensible à tous les dons, comment dire les ivresses contradictoires que nous pouvons goûter (jusqu'à celle de la lucidité). Et jamais peut-être un pays, sinon la Méditerranée, ne m'a porté à la fois si loin et si près de moi-même.

Sans doute c'est de là que venait mon émotion du café de Palma. Mais à midi, au contraire, dans le quartier désert de la cathédrale, parmi les vieux palais aux cours fraîches, dans les rues aux odeurs d'ombre, c'est l'idée d'une certaine « lenteur » qui me frappait. Personne dans ces rues. Aux miradors, de vieilles femmes figées. Et marchant le long des maisons, m'arrêtant dans les cours pleines de plantes vertes et de piliers ronds et gris, je me fondais dans cette odeur de silence, je perdais mes limites, n'étais plus que le son de mes pas, ou ce vol d'oiseaux dont j'apercevais l'ombre sur le haut des murs encore ensoleillé. Je passais aussi de longues heures dans le petit cloître gothique de San Francisco. Sa fine et précieuse colonnade luisait de ce beau jaune doré qu'ont les vieux monuments en Espagne. Dans la cour, des lauriers roses, de faux poivriers, un puits de fer forgé d'où pendait une longue cuiller de métal rouillé. Les passants y buvaient. Parfois, je me souviens encore du bruit clair qu'elle faisait en retombant sur la pierre du puits. Pourtant, ce n'était pas la douceur de vivre que ce cloître m'enseignait. Dans les battements secs de ses vols de pigeons, le silence soudain blotti au milieu du jardin, dans le grincement isolé de sa chaîne de puits, je retrouvais une saveur nouvelle et pourtant familière. J'étais lucide et souriant devant ce jeu unique des apparences. Ce cristal où souriait le visage du monde, il me semblait qu'un geste l'eût fêlé. Quelque chose allait se défaire, le vol des pigeons mourir et chacun d'eux tomber lentement sur ses ailes déployées. Seuls, mon silence et mon immobilité rendaient plausible ce qui ressemblait si fort à une illusion. J'entrais dans le jeu. Sans être dupe, je me prêtais aux apparences. Un beau soleil doré chauffait doucement les pierres jaunes du cloître. Une femme puisait de l'eau au puits. Dans une heure, une minute, une seconde, maintenant peut-être, tout pouvait crouler. Et pourtant le miracle se poursuivait.

Le monde durait, pudique, ironique et discret (comme certaines formes douces et retenues de l'amitié des femmes). Un équilibre se poursuivait, coloré pourtant par toute l'appréhension de sa propre fin.

Là était tout mon amour de vivre : une passion silencieuse pour ce qui allait peut-être m'échapper, une amertume sous une flamme. Chaque jour, je quittais ce cloître comme enlevé à moi-même, inscrit pour un court instant dans la durée du monde. Et je sais bien pourquoi je pensais alors aux yeux sans regard des Apollons doriques ou aux personnages brûlants et figés de Giotto [1]. C'est qu'à ce moment, je comprenais vraiment ce que pouvaient m'apporter de semblables pays. J'admire qu'on puisse trouver au bord de la Méditerranée des certitudes et des règles de vie, qu'on y satisfasse sa raison et qu'on y justifie un optimisme et un sens social. Car enfin,

1. C'est avec l'apparition du sourire et du regard que commencent la décadence de la sculpture grecque et la dispersion de l'art italien. Comme si la beauté cessait où commençait l'esprit.

ce qui me frappait alors ce n'était pas un monde fait à la mesure de l'homme — mais qui se refermait sur l'homme. Non, si le langage de ces pays s'accordait à ce qui résonnait profondément en moi, ce n'est pas parce qu'il répondait à mes questions, mais parce qu'il les rendait inutiles. Ce n'était pas des actions de grâces qui pouvaient me monter aux lèvres, mais ce Nada qui n'a pu naître que devant des paysages écrasés de soleil. Il n'y a pas d'amour de vivre sans désespoir de vivre.

A Ibiza, j'allais tous les jours m'asseoir dans les cafés qui jalonnent le port. Vers cinq heures, les jeunes gens du pays se promènent sur deux rangs tout le long de la jetée. Là se font les mariages et la vie tout entière. On ne peut s'empêcher de penser qu'il y a une certaine grandeur à commencer ainsi sa vie devant le monde. Je m'asseyais, encore tout chancelant du soleil de la journée, plein d'églises blanches et de murs crayeux, de campagnes sèches et d'oliviers hirsutes. Je buvais un orgeat douceâtre. Je regardais la courbe des collines qui me faisaient face. Elles descendaient doucement vers la mer. Le soir devenait vert. Sur la plus grande des collines, la dernière brise faisait tourner les ailes d'un moulin. Et, par un miracle naturel, tout le monde baissait la voix. De sorte qu'il n'y avait plus que le ciel et des mots chantants qui montaient vers lui, mais qu'on percevait comme s'ils venaient de très loin. Dans ce court instant de crépuscule, régnait quelque chose de fugace et de mélancolique qui n'était pas sensible à un homme seulement, mais à un peuple tout entier. Pour moi, j'avais envie d'aimer comme on a envie de pleurer. Il me semblait que chaque heure de mon sommeil serait désormais volée à la vie... c'est-à-dire au temps du désir sans objet. Comme dans ces heures vibrantes du cabaret de Palma et du cloître de San Francisco, j'étais immobile et tendu, sans forces contre cet immense élan qui voulait mettre le monde entre mes mains.

Je sais bien que j'ai tort, qu'il y a des limites à se donner. A cette condition, l'on crée. Mais il n'y a pas de limites pour aimer et que m'importe de mal étreindre si je peux tout embrasser. Il y a des femmes à Gênes dont j'ai aimé le sourire tout un matin. Je ne les reverrai plus et, sans doute, rien n'est plus simple. Mais les mots ne couvriront pas la flamme de mon regret. Petit puits du cloître de San Francisco, j'y regardais passer des vols de pigeons et j'en oubliais ma soif. Mais un moment venait toujours où ma soif renaissait.

L'ENVERS ET L'ENDROIT

C'était une femme originale et solitaire. Elle entretenait un commerce étroit avec les esprits, épousait leurs querelles et refusait de voir certaines personnes de sa famille mal considérées dans le monde où elle se réfugiait.

Un petit héritage lui échut qui venait de sa sœur. Ces cinq mille francs, arrivés à la fin d'une vie, se révélèrent assez encombrants. Il fallait les placer. Si presque tous les hommes sont capables de se servir d'une grosse fortune, la difficulté commence quand la somme est petite. Cette femme resta fidèle à elle-même. Près de la mort, elle voulut abriter ses vieux os. Une véritable occasion s'offrait à elle. Au cimetière de sa ville, une concession venait d'expirer et, sur ce terrain, les propriétaires avaient érigé un somptueux caveau, sobre de lignes, en marbre noir, un vrai trésor à tout dire, qu'on lui laissait pour la somme de quatre mille francs. Elle acheta ce caveau. C'était là une valeur sûre, à l'abri des fluctuations boursières et des événements politiques. Elle fit aménager la fosse intérieure, la tint prête à recevoir son propre corps. Et, tout achevé, elle fit graver son nom en capitales d'or.

Cette affaire la contenta si profondément qu'elle fut prise d'un véritable amour pour son tombeau. Elle venait voir au début les progrès des travaux. Elle finit par se rendre visite tous les dimanches après-midi. Ce fut son unique sortie et sa seule distraction. Vers deux heures de l'après-midi, elle faisait le long trajet qui l'amenait aux portes de la ville où se trouvait le cimetière. Elle entrait dans le petit caveau, refermait soigneusement la porte, et s'agenouillait sur le prie-Dieu. C'est ainsi que, mise en présence d'elle-même, confrontant ce qu'elle était et ce qu'elle devait être, retrouvant l'anneau d'une chaîne toujours rompue, elle perça sans effort les desseins secrets de la Providence. Par un singulier symbole, elle comprit même un jour qu'elle était morte aux yeux du monde. A la Toussaint, arrivée plus tard que d'habitude, elle trouva le pas de la porte pieusement jonché de violettes. Par une délicate attention, des inconnus compatissants devant cette tombe laissée sans fleurs, avaient partagé les leurs et honoré la mémoire de ce mort abandonné à lui-même.

Et voici que je reviens sur ces choses. Ce jardin de l'autre côté de la fenêtre, je n'en vois que les murs. Et ces quelques feuillages où coule la lumière. Plus haut, c'est encore les feuillages. Plus haut, c'est le soleil. Mais de toute cette jubilation de l'air que l'on sent au-dehors, de toute cette joie épandue sur le monde, je ne perçois que des ombres de ramures qui jouent sur mes rideaux blancs. Cinq rayons de soleil aussi qui déversent patiemment dans la pièce un parfum d'herbes séchées. Une brise, et les ombres s'animent sur le rideau. Qu'un nuage couvre puis découvre le soleil, et de l'ombre émerge le jaune éclatant de ce vase de mimosas. Il suffit : une seule lueur naissante, me voilà rempli d'une joie confuse et étourdissante. C'est un après-midi de janvier qui me met ainsi en face de l'envers du monde. Mais le froid reste au fond de l'air. Partout une pellicule de soleil qui craquerait sous l'ongle, mais qui revêt toutes choses d'un éternel sourire Qui suis-je et que puis-je faire, sinon entrer dans le jeu des feuillages et de la lumière ? Être ce rayon où ma cigarette se consume, cette douceur et cette passion discrète qui respire dans l'air. Si j'essaie de m'atteindre, c'est tout au fond de cette lumière. Et si je tente de comprendre et de savourer cette délicate saveur qui livre le secret du monde, c'est moi-même que je trouve au fond de l'univers. Moi-même, c'est-à-dire cette extrême émotion qui me délivre du décor.

Tout à l'heure, d'autres choses, les hommes et les tombes qu'ils achètent.

Mais laissez-moi découper cette minute dans l'étoffe du temps. D'autres laissent une fleur entre des pages, y enferment une promenade où l'amour les a effleurés. Moi aussi, je me promène, mais c'est un dieu qui me caresse. La vie est courte et c'est péché de perdre son temps. Je suis actif, dit-on. Mais être actif, c'est encore perdre son temps, dans la mesure où l'on se perd. Aujourd'hui est une halte et mon cœur s'en va à la rencontre de lui-même. Si une angoisse encore m'étreint, c'est de sentir cet impalpable instant glisser entre mes doigts comme les perles du mercure. Laissez donc ceux qui veulent tourner le dos au monde. Je ne me plains pas puisque je me regarde naître. A cette heure, tout mon royaume est de ce monde. Ce soleil et ces ombres, cette chaleur et ce froid qui vient du fond de l'air : vais-je me demander si quelque chose meurt et si les hommes souffrent puisque tout est écrit dans cette fenêtre où le ciel déverse la plénitude à la rencontre de ma pitié. Je peux dire et je dirai tout à l'heure que ce qui compte c'est d'être humain et simple. Non, ce qui compte, c'est d'être vrai et alors tout s'y inscrit, l'humanité et la simplicité. Et quand donc suis-je plus vrai que lorsque je suis le monde? Je suis comblé avant d'avoir désiré. L'éternité est là et moi je l'espérais. Ce n'est plus d'être heureux que je souhaite maintenant, mais seulement d'être conscient.

Un homme contemple et l'autre creuse son tombeau : comment les séparer? Les hommes et leur absurdité? Mais voici le sourire du ciel. La lumière se gonfle et c'est bientôt l'été? Mais voici les yeux et la voix de ceux qu'il faut aimer. Je tiens au monde par tous mes gestes, aux hommes par toute ma pitié et ma reconnaissance. Entre cet endroit et cet envers du monde, je ne veux pas choisir, je n'aime pas qu'on choisisse. Les gens ne veulent pas qu'on soit lucide et ironique. Ils disent : « ca montre que vous n'êtes pas bon». Je ne vois pas le rapport. Certes, si j'entends dire à l'un qu'il est immoraliste, je traduis qu'il a besoin de se donner une morale ;

à l'autre qu'il méprise l'intelligence, je comprends qu'il ne peut pas supporter ses doutes. Mais parce que je n'aime pas qu'on triche. Le grand courage, c'est encore de tenir les yeux ouverts sur la lumière comme sur la mort. Au reste, comment dire le lien qui mène de cet amour dévorant de la vie à ce désespoir secret. Si j'écoute l'ironie [1], tapie au fond des choses, elle se découvre lentement. Clignant son œil petit et clair : « Vivez comme si... », dit-elle. Malgré bien des recherches, c'est là toute ma science.

Après tout, je ne suis pas sûr d'avoir raison. Mais ce n'est pas l'important si je pense à cette femme dont on me racontait l'histoire. Elle allait mourir et sa fille l'habilla pour la tombe pendant qu'elle était vivante. Il paraît en effet que la chose est plus facile quand les membres ne sont pas raides. Mais c'est curieux tout de même comme nous vivons parmi des gens pressés.

1. Cette *garantie de liberté* dont parle Barrès.

DU MÊME AUTEUR

Aux Éditions Gallimard

L'ÉTRANGER, *roman.*

LE MYTHE DE SISYPHE, *essai.*

LE MALENTENDU suivi de CALIGULA, *théâtre.*

LETTRES À UN AMI ALLEMAND.

LA PESTE, *récit.*

L'ÉTAT DE SIÈGE, *théâtre.*

NOCES, *essai.*

LES JUSTES, *théâtre.*

ACTUELLES :

- I. CHRONIQUES 1944-1948.
- II. CHRONIQUES 1948-1953.
- III. CHRONIQUE ALGÉRIENNE 1939-1958.

L'HOMME RÉVOLTÉ, *essai.*

LA DÉVOTION À LA CROIX, adapté de Pedro Calderón de la Barca, *théâtre.*

LES ESPRITS, adapté de Pierre de Larivey, *théâtre.*

L'ÉTÉ, *essai.*

LA CHUTE, *récit.*

REQUIEM POUR UNE NONNE, adapté de William Faulkner, *théâtre.*

L'EXIL ET LE ROYAUME, *nouvelles.*

LE CHEVALIER D'OLMEDO, adapté de Lope de Vega, *théâtre.*

DISCOURS DE SUÈDE.

RÉCITS ET THÉÂTRE.

LES POSSÉDÉS, adapté de Doctoïevski, *théâtre.*

CARNETS :

I. Mai 1935-février 1942.

II. Janvier 1942-mars 1951.

THÉÂTRE, RÉCITS ET NOUVELLES.

ESSAIS.

LA MORT HEUREUSE, *roman.*

FRAGMENTS D'UN COMBAT, *articles.*

JOURNAUX DE VOYAGE.

CORRESPONDANCE AVEC JEAN GRENIER.

CALIGULA (texte établi d'après la dactylographie de févrie 1941).

Impression Bussière à Saint-Amand (Cher),
le 5 août 1991.
Dépôt légal : août 1991.
1er dépôt légal dans la collection : août 1986.
Numéro d'imprimeur : 2179.
ISBN 2-07-032368-4./Imprimé en France.

53664